KB078478

FUSION FANTASTIC STORY

자미소 장편소설

GRAND SLAM
그랜드슬램

그랜드슬램 1

자미소 장편소설

초판 1쇄 찍은 날 § 2016년 11월 10일
초판 1쇄 펴낸 날 § 2016년 11월 17일

지은이 § 자미소
펴낸이 § 서경석

편집책임 § 이창진

펴낸곳 § 도서출판 청어람
등록번호 § 제387-1999-000006호
등록일자 § 1999. 5. 31
어람번호 § 제1-2563호

주소 § 경기도 부천시 원미구 부일로 483번길 40 서경B/D 3F (우) 14640
전화 § 032-656-4452 팩스 § 032-656-4453
http://www.chungeoram.com
E-mail § chungeorambook@daum.net

ⓒ 자미소, 2016

ISBN 979-11-04-91039-5 04810
ISBN 979-11-04-91038-8 (세트)

※ 파본은 구입하신 서점에서 교환하여 드립니다.
※ 저자와 협의하여 인지를 붙이지 않습니다.
※ 이 책은 도서출판 청어람과 저작자의 계약에 의해 출판된 것이므로,
　무단 전재 및 유포·공유를 금합니다.

C O N T E N T S

Prologue

끼릭— 끼릭—

치익!

"헉… 헉……"

급격한 가속과 정지의 연속.

바닥 면과 심하게 마찰이 일어나 살짝 고무 타는 냄새가
나는 것 같은 착각이 든다.

아니, 선수들 본인들에게는 그 냄새가 확연하게 느껴질 것
이다.

"스읍."

숨을 잠시 멈추고 찰나의 순간을 위해 온 정신을 집중한다.

후드득 땀방울이 떨어지는 소리도, 속눈썹에 맺힌 땀도 그 순간만큼은 방해되지 않는다.

뜨거우면서 차가운, 완전한 긴장이 안광으로 쏘아진다.

몸에서 발산되는 어스름한 열기가 오라처럼 흐느적거린다.

후웅―

휘릭―

팽팽하게 긴장된 근육이 꿈틀거리고 아름다운 곡선이 그려진다.

펑!!!

공이 짓눌렸다가 튕겨 나간다.

상대방에게 쏜살같이 날아간 공은 이윽고 엄청난 회전력으로 인해 곡선을 그리며 떨어진다.

쿵 소리가 났을 거라 착각할 정도로 공은 맹렬하게 떨어졌다가 다시 튀어 오른다.

형광색의 작은 공은 삐죽 나온 솜털도 보이지 않을 정도의 엄청난 종 회전을 보이며 무려 1.5미터에 가깝게 튀어 올랐다.

준수한 톱스핀.

그러나 상대도 부지런히 움직여 맞받아친다.

그렇게 대포 소리를 내며 몇 번의 랠리가 이어졌고, 승부는 났다.

"피프틴 올."

까마득한 여정의 도중.

새파란 코트에 광대하게 쏟아지는 햇빛이 눈부신 이곳은 패럴림픽 휠체어 테니스 남자 부문 결승전이 진행되는 곳이다.

Chapter 1
금메달리스트 이영석

—2016년 브라질 리우데자네이루 패럴림픽 테니스 금메달에 한국인 이영석(32)

　—2012, 2016 패럴림픽 2회 연속 금메달 신화의 주인공 테니스 선수 이영석

　—세계 최고의 자리에 오른 이영석, 아시아인 최초로⋯⋯

　따닥, 딱.

　몇 번 클릭을 하자 기사 전문이 떴고, 금메달을 목에 건 자신감 가득한 자신의 모습이 눈에 들어온다.

　그러나 영석은 무덤덤한 표정이었다.

당연한 일이다.

피해 의식일지는 모르겠지만 의무적으로 쏟아낸다는 느낌이 들 정도로 다음 날이면 깨끗이 잊히는 게 패럴림픽 기사다. 대단한 업적이지만, 생각보다 큰 반향은 없다.

"후우……."

영석은 방 안의 한쪽 면을 바라보았다. 무수한 트로피와 상장들이 눈에 가득했다. 자리가 없어서 케이스에 넣어놓은 채 쌓아놓은 메달만 해도 수십 개다.

1위, 우승, 최고…….

늘 정상의 자리에 서 있는 건 익숙한 일이다. 승리의 부상으로 맛볼 수 있는, 전신이 흥분으로 떨리는 극치(極致)의 쾌락도 이쯤 되니 무덤덤하다.

메달들을 바라본 것도 잠시, 영석은 습관적으로 커뮤니티 '테니스 갤러리'에 들어갔다. 이곳은 이미 영석을 찬양하는 유저들의 글이 엄청난 속도로 쏟아지는 중이었다.

─으아ㅋㅋㅋ갓영석님 찬양해라!

─우와ㅋ진짜 한국의 보물이다.

─ㅋㅋ 볼 치는 거 봤냐? 소름…….

─정상인인 니들도 땀 한 방울 안 흘리고 청소가능하심○○

─경기 보면서 소름 돋았다. 진정으로 존경할 선수야. 형 진지하다.

영석은 피식 웃었다. 자신을 추켜세워서 웃는 게 아니라 이들 특유의 천박하지만 귀여운 말투가 웃겼다. 원색적이니만큼 실로 유쾌했다. 그렇게 웃음 짓던 영석의 손은 어느 글 앞에서 뚝 멈췄다.

—솔까 갓영석 정도면 페느님이랑 업적 비교해도 안 꿀리지 않냐?

로저 페더러. 통칭 RF.

불세출의 천재 테니스 플레이어다.

피트 샘프라스를 꺾으며 자신의 시대가 왔음을 알리고 각종 메이저 대회를 수년 동안 섭렵했다.

그 글에만 댓글이 수십 개 달렸다.

댓글은 예상대로 치고받고 난리도 아니었다.

스포츠의 세계는 늘 이런 업적 비교가 팬들 사이에서 흔하게 이루어진다. 종목이 달라도 상관없다. 테니스 갤러리는 RF가 기준이다.

김연아 VS 페느님

박지성 VS 페느님

영석 또한 페더러는 안다. 상식이다.

라켓을 한 번이라도 휘둘러 본 사람이라면 그의 우아함과 압도적인 재능에 홀리게 마련이다.

그러나 영석은 장애인이다.

결코 '선수'로서 페더러와 마주할 기회는 없다. 휠체어 테니스라는 종목이 생긴 이래로 가장 압도적인 기량을 보유하고 있는 영석이지만, 페더러는커녕 정상인인 선수면 그저 그런 중학생 여자 선수도 이기기 힘들다. 아니, 장애인과 비장애인의 경기는 이루어질 수 없다. 장애인에게도, 비장애인에게도 불편하다.

우두둑—

끊임없이 휠체어를 굴리느라 극한으로 단련된 손아귀에 잡힌 휠체어의 팔 받침대가 우그러졌다. 그는 답답했다. 자신의 세계가 너무나도 작게 느껴졌다. 마음 한구석에 끝없는 욕구와 갈망이 자리 잡았는데, 해소할 방법이 없다. 그리고 시간은 흘러만 간다.

"영석아~ 저녁 먹자."

그때, 문밖에서 어머니의 목소리가 들린다.

방 안에 가득 자리 잡고 있는 온갖 안 좋은 기운이 꽃잎이 흩날리듯 사방으로 비산(飛散)한다.

그 청량한 음색은 여봐란듯이 들떠 있다.

메달 따위야 눈 두는 곳마다 가득한데도 항상 처음처럼 기뻐해 주신다.

늘 아들이 자랑스러워 밝게 지내시는 분이다. 결코 영석 자신 따위와 비교되지 않는 대해와 같은 그릇의 보유자시다.

온몸의 긴장이 풀리며 눈에 자리 잡은 끝없는 혼돈이 자취

를 감춘다. 영석은 고개를 흔들더니 가느다란 웃음을 머금고
답했다.

"네~ 나가요."

끼릭—

차가운 바퀴 소리가 방 안에 여운으로 남아 무겁게 가라앉
았다.

*   *   *

이른 아침, 오랜만에 영석은 기분이 좋았다. 그동안의 업적
때문일까, 그에게 코치 제의가 들어왔기 때문이다. 아니, 기분
이 정말 좋은 건지는 본인도 잘 몰랐다. 아무튼 지루했던 삶
에 조금의 변화가 찾아왔기에 영석은 기꺼웠다.

들어온 제의는 무려 국가 대표의 코치직이다.

굉장한 영예라고 할 수 있지만, 어찌 보면 당연한 수순이다.

그가 선수로서 국가 대표로 선발된 지 벌써 12년째다. 선수
들과의 관계는 물론이고, 전, 현직의 코치와 감독들과의 인연도
깊다. 덧붙여 그의 전무후무한 압도적인 실적까지. 코치로서의
재능이 없어도 일단 제의가 들어와야 하는 게 순리에 맞다.

선수로 활약할 수 없다는 점은 아쉽지만, 자신의 나이를 생
각하면 어쩔 수 없는 일이다.

아직은 경기력 자체는 유지할 수 있다.

문제는 회복력이다.

몸의 밸런스, 이동 등을 모두 상반신에서 끌어오기 때문에 혹사의 정도가 심하다. 젊을 때부터 얻은 피로가 덧쌓이며 점점 몸이 녹슬고 있다. 이제 곧 경기력이 떨어지는 순간을 맞이할 것이다.

가뜩이나 몸이, 정확히는 하체가 따라주지 않아 휠체어를 타며 공을 치는데 여기서 더 기량이 떨어지는 건 영석에게 참을 수 없는 고통이다.

부정적인 생각을 털어낸 영석은 요 며칠 동안 고민해 온 트레이닝 플랜을 생각하며 팔을 움직여 자신의 차로 향했다.

삐— 삐—

우선 운전석에 앉는다.

단련된 상체의 근육들이 불끈거린다.

운전석에 앉으며 버튼을 누른다. 트렁크가 열리고 휠체어 거치대가 차의 몸을 타고 운전석을 향한다. 느릿느릿하게 다가오는 거치대를 뻔히 바라보는 영석은 무슨 생각을 하고 있는지 모를, 무심한 표정이다.

다가온 거치대에 휠체어를 싣고 다시 버튼을 누르면 거치대는 트렁크로 천천히 돌아간다.

익숙해지려야 익숙해질 수 없는 지루함이다.

*　　　*　　　*

펑! 펑!

실내에서 때리는 공의 소리는 무시무시하다. 대기 중으로 퍼져 나가는 온갖 소리가 벽과 천장에 부딪혀 제 갈 길을 찾지 못하고 헤매기 때문이다. 그것에 고취되는 것은 선수에게 있어 굉장한 쾌락이다.

감독과 가볍게 인사를 나누고 온 영석은 가벼운 랠리로 몸을 푸는, 혹은 연습 게임을 하는 선수들을 멍하니 지켜봤다. 별의별 사정으로 휠체어 테니스 선수가 된 그들이 흘리는 구슬땀을 보노라면 영석은 새카맣게 멍든 자신의 마음이 조금씩 아무는 것을 느낀다.

이제는 그 자신이 직접 움직이는 것보다, 다른 선수들의 움직임을 보는 게 조금은 마음이 더 편했다. 잘 가르칠 자신도 있고 말이다.

"잡고야 만다!"

영석이 멍하니 상념에 빠져 있을 때, 한 선수가 크게 외치더니 이를 악물고 열심히 팔을 놀린다.

휠체어 테니스는 규정상 투 바운드까지 허용되지만, 국가 대표 선수쯤 되면 가급적 원 바운드로 처리하고자 하는 마음이 '어느 정도'는 있다. 기량이 허용되는 자들의 욕심이다.

툭— 투욱, 툭.

하지만 공은 팔을 놀리는 선수의 의지와 상관없이 세 번 바운드되며 또르르 굴렀다. 결코 못 칠 볼은 아니었는데, 선수의 팔에 쥐가 온 것이다.

"이익!!!"

선수는 이럴 때 급격하게 화가 난다.

특히 후천적으로 장애를 얻게 된 경우에는 설움과 자괴감이 이루 말할 수 없이 증폭돼서 눈이 돌아간다. '고작 연습 게임에?'라는 의문은 우습다. 선수에게 분노는 언제든 찾아온다. 끝없는 향상심을 갖고 있다면 더더욱.

영석도 그런 일은 비일비재하게 겪었다. 그때의 분노는 어떤 돌출 행동을 이끌어낼지 모른다. 바로 지금처럼!

"멈— 춰어!!!"

*　　　　*　　　　*

영석의 엄청난 사자후가 쩌렁쩌렁 코트장을 울렸다. 모두가 놀란 토끼처럼 숨을 멈추고 몸을 굳혔다. 라켓을 자신의 다리에 휘두르려고 한 선수 또한 동작을 멈추고 영석을 바라봤다. 광기에 휩싸였던 눈이 깨끗해졌다. 반면 영석의 눈은 그야말로 귀화(鬼火)가 자리 잡았다. 영석을 중심으로 넓은 실내 코트가 음울하게 가라앉는다.

"태수 이 새끼, 뭐 하는 짓이야!! 이리 와!!"

대선배인 영석의 말에 태수라 불린 선수가 라켓을 무릎에 올리고 한 팔로 휠체어를 끌며 다가왔다. 한 손으로 바퀴를 끌지만, 절묘하게 방향을 조절하며 영석에게 곧잘 오는 것이 과연 국가 대표 선수다. 하지만 영석의 눈은 태수의 팔에 못 박힌 듯 고정됐다. 가늘게 경련하고 근육이 꿈틀거리는 게 보인다. 손목이 살짝 안으로 굽고, 검지와 약지가 기괴하게 구부러져 있다. 쥐가 심하게 나서 그런 거다. 일반적인 사람이라면 결코 겪지 않을 일이다.

고통이 상당할 텐데, 태수라 불린 선수는 일체의 앓는 소리 없이 이를 앙다물 뿐이었다.

탁.

영석은 자신 앞에 다가온 태수의 몸통을 가볍게 후려쳤다.

그 거력이 얼마나 대단한지, 가벼운 동작에 태수의 몸과 휠체어가 빙글 반 바퀴 돈다.

영석은 태수의 등을 바라보며 남몰래 한숨을 내쉬었다.

순간, 너무나 아려서 보는 이로 하여금 심장이 철렁하게 만들 깊고도 음울한 슬픔이 영석의 눈을 스치고 지나갔다.

영석은 금세 그런 기색을 지우고 태수의 목덜미부터 천천히 주물렀다. 어마어마한 거력이 깃든 손이지만 섬세하며 정확하게 근육을 자극한다.

그 상냥한 손길과는 달리, 입에서는 무저갱에서 들릴 것 같은 음산한 목소리가 영석의 의지를 등에 업고 으르렁댔다. 태수의 땀에 전 온몸이 차갑고 미끈거렸다.

"왜 애꿎은 다리 탓을 해."

"죄송합니다."

태수가 고개를 숙이며 답했다.

질책이었지만, 질책이 아니다. 그건 마사지를 받는 태수 본인이 알고 있다. 오히려 위로와 격려에 가까웠다. 빛나는 영석의 발자취 이면에 시커먼 고통이 있었다는 건 대부분의 동료 선수들은 알고 있다. 자신들도 그러했기에.

영석의 말이 기폭제가 됐을까.

라켓의 거트(줄) 사이사이로 눈물과 피가 떨어진다. 분해서 입술을 짓이긴 것이다.

그걸 직접 볼 수는 없지만, 떨리는 태수의 몸을 주무르고 있는 영석은 그 감정을 느끼고 표정을 휴지처럼 구겼다.

안다. 그 분노와 설움을 아니까 더 가슴이 아프다.

"코트에 서면 넌 뭐라고 했지?"

"…선수입니다."

"그래. 장애인이 아니라 선수다. 선수는 늘 자신의 부족함을 극복하려고 해야 돼. 결코 무엇을 탓하면 안 된다. 스스로를 비참하게 만들지 마라."

"…네."

영석은 한참을 말없이 안마해 줬다. 등부터 시작해서 목, 어깨, 팔, 손가락까지.

안마를 하는 영석도, 안마를 받는 태수도 말이 없었다.

얼마가 지났을까. 태수가 입을 뗐다.

"풀렸냐?"

"네."

"그럼 오늘은 들어가서 쉬어라. 샤워 똑바로 잘하고."

영석은 태수의 등을 몇 번 두드려 주고 팔을 놀려 몸을 돌렸다. 뭐랄까. 텁텁하고 우울한 기분이다.

　　　　*　　　　*　　　　*

띠! 띠!

아침과 마찬가지로, 가벼운 소음과 함께 트렁크에 포개어져 있던 거치대가 휠체어를 싣고 오는 걸 여느 때와 같이 운전석에서 바라본다. 영석에게 이 시간은 늘 길다. 이제 선수도 아니니 휠체어를 꺼내고 넣고 할 시간에 담배나 피워볼까 잠시 고민했지만, 스스로를 경멸할까 겁나 시도하지 못했다. 자신의 몸에 해가 되는 걸 감히 스스로 도전할 수 없는 것이다. 요즘에는 휠체어를 탄 상태로 운전할 수 있는 차가 일본에서 만들어졌다는데, 차라리 그걸 구매하고 말겠다는 생각이 들었다.

"후우."

짧은 한숨이 허공에 굵은 궤적을 남긴다. 날씨가 서늘해졌다.

휠체어에 몸을 실은 영석은 차의 문을 닫고 차 키로 문을 잠갔다. 차 키를 주머니에 넣고 바퀴를 잡는 순간.

쉬이익!

머리 위로 서늘하며 께름칙한 소리가 들렸다.

순간 등허리에서 솜털들이 비죽 서며 정신이 번쩍 든다.

어? 하는 생각과 동시에 영석의 타고난 반사 신경이 팔을 머리 위로 올리게끔 했다.

퍽!

뭔지 모를 것이 팔에 맞으며 끔찍한 소리를 냈다.

'부러졌다……!'

팔에 힘이 주욱 빠짐과 동시에 성한 왼팔이 열심히 바퀴를 돌렸다. 결코 위를 올려다보지 않는다. 영석의 의식은 황망함으로 새하얗게 물들었지만, 그의 몸은 초일류답게 알아서, 기계적으로 움직였다. 그러나,

쉬익!

"제길!"

가느다랗게 읊조린 영석은 다시금 부러진 팔을 들어 올리려 했다. 그러나 부러진 팔은 말을 듣지 않았다.

그래서 영석은 황급히 성한 팔을 들어 올리려 했으나…….

그 팔마저도 덜컥 걸리며 움직임을 멈췄다.

겨울이라는 날씨와 급격한 움직임으로 성한 왼팔마저 쥐가 나버렸다.

하지만 영석의 몸은 그럼에도 포기하지 않고 허리를 꿈틀거려 앞으로 쏟아졌다. 휠체어를 버리고 몸을 굴려 위기를 벗어

나고자 한 것이다.

픽!

영석은 순간 의식을 잃었다. 영석의 바람과 상관없이 괴물체가 뒤통수에 직격한 것이다. 흐릿하고 가물가물한 의식, 엄청난 과호흡 속에서 영석은 시야를 가득 채운 붉은 가루들을 봤다.

'벽… 돌? 누가……'

몸을 뒤집어 범인을 눈으로 확인하고 싶었지만 천재적이며 압도적이었던 몸이 꿈쩍도 하지 않았다. 부러지고 쥐가 난 팔도, 깨진 것 같은 뒤통수도 아프지 않다. 지금이라도 세계를 두 번이나 석권한 이 팔로 몸을 세워 멀쩡히 돌아갈 수 있을 것 같다. 분노, 황망함, 의문 등 실로 다양한 감정들과 상념이 계속해서 흐른다. 아파트 복도에서 작은 발자국 소리와 함께 억눌린 환호성이 들리는 것 같은 기분이 들었다.

"히히……"

지옥에 사는 소악마(小惡魔)의 목소리가 이러할까. 거대한 악의가 순수함으로 화장을 하고 영석의 정신을 잠식해 온다.

'애들……?'

쫓아가서 갈기갈기 찢어 죽이고 싶었지만, 몸이 따뜻해지며 편안해지는 것을 느낄 뿐, 너무나 무력했다.

영석은 본능적으로 죽음을 떠올렸다.

그 순간, 가슴속 가득히 자리 잡고 있던 새까만 멍들이 사르르 풀리는 것 같았다. 시야에 붉은 물이 서서히 차오르는 기분이다. 엎어져서 피가 앞으로 흘렀나 보다. 붉은 벽돌 가루가 눈에 들어온다. 참으로 빨갛다.

*　　　*　　　*

"……!!"

아련하게 무엇인가가 들려온다.

"…버……!"

흑색 일색이던 시야가 하얀색으로 뿌옇게 번져온다. 그리고…….

"서버!!!"

영석은 화들짝 놀랐다.

갑자기 시야를 가득 메운 붉은 세상.

부—

'어?? 왜 저 소리가 들리지??'

선수가 시간 내에 서브를 하지 못할 때 울리는 부저.

그 소리에 영석이 화들짝 놀랐다.

웅성웅성

관중들의 수군거리는 목소리가 들리며 영석은 정신을 차렸다.

그제야 붉은 땅이 시야에 잡힌다.

건너편에 선수가 흐릿하게 보인다. 그리고 2시 방향으로 고개를 돌리니 심판석이 눈에 들어온다.

코트다. 그것도 아스팔트에 운동장의 누런 모래를 뿌리고만, 그런 허접한 코트가 아닌 질 좋은 클레이 코트다.

'어?'

영석은 이 상황이 이해되지 않았다.

'서브? 스코어는??'

영석은 습관적으로 심판석을 올려다봤다. 전광판이 없었기 때문인데, 심판의 얼굴은 땀으로 범벅되어 있었고 피곤한지 지쳐 보였다.

'하긴… 덥긴 덥구나.'

영석은 평소와 마찬가지로 습관적인 행동을 했다.

팔을 들어 이마를 쓸어보려는데…….

'……!?'

영석은 충격으로 놀라 멍하니 자신의 손을 바라봤다. 작다. 작다 못해 애기 손이다. 눈을 질끈 깜빡여 봤지만, 여전히 작은 손이다.

그러고 보니 발도 작다. 코트가 굉장히 넓게 느껴졌고, 네트도 높아 보인다.

'잠깐… 발?'

영석은 눈을 의심했다. 발의 위치가 낯설다. 아니, 전체적으로 시야의 높이가 낯설다.

'나… 지금 서 있는 건가??'

털썩.

그 사실을 인지한 순간 영석은 풀썩 쓰러졌다. 어리둥절한 영석은 상황 파악이 되지 않아 점점 패닉 상태가 됐다. 호흡은 가빠지고, 피부가 따가울 정도의 차가운 땀이 뱀처럼 온몸을 누빈다. 그리고 서서히 의식을 잃었다.

관객들은 놀라서 웅성거렸고 비명도 간간이 들렸다. 희미해지는 영석의 시야에 어딘가 익숙한 얼굴의 청춘 남녀 세 명이 절박하게 뛰어오는 모습이 보였다.

'누구… 였지?'

Chapter 2
1991년 어느 늦은 밤

슬며시 의식이 들며 영석은 정신을 계속 잃어서 축 늘어진 신경을 붙들었다.

코트, 작은 손, 몸을 지탱하며 굳건히 서 있게 했던 다리까지… 의문투성이다.

웅…….

귓가에 부드러운 엔진 소리가 들린다. 그리고 등으로 부드러운 감촉이 느껴졌다. 창문 밖으로 무심하게 휙휙 지나치는 풍경들까지.

차 안이라는 결론이 나왔다.

"일어났니?"

한없이 인자한 목소리가 들렸다. 목소리가 들려온 곳을 보니 절박한 얼굴로 미친 듯이 달려왔던 여자가 보인다.

"어머니?"

"어머니? 이놈 보게. 그럼 엄마지, 아빠겠니? 네 아빠 저기 운전하고 있다."

실없는 말씀을 하는 걸 보니 어머니가 맞다.

'어머니가 맞… 나?'

기묘한 위화감과 함께 영석의 동공이 크게 흔들린다. 노곤하게 누워 있던 몸에 긴장감이 깃들고 신경이 날카롭게 곤두섰다.

'어머니라고?'

아니다. 아닐 거다.

자신 때문에 말도 못 할 고생을 했던 어머니의 모습을 떠올렸다. 눈앞의 사람과 정말 같은 사람이 맞는지 궁금할 정도로 야위었었다. 여자의 몸으로 장애를 가진 아들을 20년 넘게 수발하느라 허리랑 무릎도 망가져 늘 절룩이셨다.

"5 : 0에 매치포인트(승패를 결정짓는 마지막 한 포인트) 잡고 있었는데 기절이라니… 아쉽다. 네 아빠랑……."

명랑하게 푸념을 늘어놓는 어머니의 모습이 그렇게 예뻐 보였다. 30대 중반 정도로 보이는데, 젊을 때 이렇게도 예뻤던 어머니가 자신 때문에 말도 못 할 고생을 했다는 사실이 영석의 가슴에 대못을 박았다. 무엇인가가 서서히 심장을 옥죄어온다.

눈을 앞으로 돌려 운전석을 보니 벌겋게 충혈된 눈으로 아무 말 없이 운전을 하고 있는 아버지가 보였다. 젊고 생기 넘치는, 잘생긴 청년이다.

근엄하려고 애쓰지만, 마음이 여리고 심성이 순한 아버지다.

그런 아버지가 얼마나 스트레스를 받았었는지, 40대부터 하얗게 머리가 샜고, 눈에서 생기를 잃었었다. 그때의 모습과 눈앞에 보이는 아버지를 대조하니 명치가 뜨끔했다. 꿈이라도, 아니, 결코 일어날 수 없는 일이기에 꿈일 게 분명하지만, 꿈이기에 더욱 슬펐다.

나락으로 내던져진 두려움과 함께 심장을 옥죄어오던 것이 마침내 강하게 심장을 움켜쥐었다. 일순, 혈액이 온몸에 빠르게 퍼졌다.

가슴속을 유리 가루로 벅벅 문지른다 한들, 지금 영석이 느끼는 아픔과 비교될까.

끊임없이 심장을 옥죄어오는 한과 서러움에 영석은 결국 눈물을 흘리고 말았다.

고래고래 소리 지르며 울고 싶었지만, 숨이 목에서 턱 막히며 목소리가 안 나왔다.

"흐… 꺽!"

끅끅거리며 오열하는 영석의 모습에 부모는 크게 놀란 눈치였지만, 이내 어머니는 떨리는 눈가를 최대한 안정시키려 노력하며 그저 영석의 등을 쓰다듬어 줄 뿐이었다. 눈물이 그칠 때까지.

차가 부드럽게 정지했다.

영석은 울다 지쳐서 숨을 미약하게 내뱉을 뿐이었다. 어머니는 그런 영석을 물끄러미 보다가 먼저 내려 영석 쪽의 문을 열고 등을 내밀었다.

"어부바."

그 말에 영석은 슬픈 와중에도 피식 웃었다. 실없는 농담은 젊을 때부터 여전했구나 싶었다. 꿈이지만, 어머니는 이토록 사랑스러운 분이다.

영석은 어머니의 등에 몸을 살포시 실었다.

"으차!! 네 아빠 주차하라고 하고, 우리 먼저 후딱 올라가자."

힘도 좋다.

어머니의 등에 업힌 영석은 눈을 들어 전경을 봤다. 고급스럽고 깔끔한 빌라가 보였다.

'그래… 이런 곳에서 살았던 적도 있었지.'

*   *   *

기억에서 희미한 자신의 방.

영석은 침대에 누워 있었다.

현관에서도 좀처럼 내려올 생각을 안 하는 영석에게,

"아구 그래쩌요? 우리 귀여운 아들 더 업어줘요?"

라고 국어책 읽는 발음으로 말해 영석을 또다시 웃긴 어머니가 침대까지 그를 업어 왔다.

우승 축하 기념으로 외식이라도 하나 했는데 밥해야 한다면서 툴툴거리던 어머니가 떠올라 미소가 떠나지 않았다.

'어디 보자. 꿈이… 아닌 건가?'

조금은 차분해진 영석은 자신의 방을 둘러봤다.

'이런 방에서 살았었나?'

지금이 정확히 언제인지는 모르겠지만, 기억이 전혀 안 나는 걸 보니 이 방은 꽤나 예전에 쓰던 방이었을 것이다.

"책상……."

영석의 기억과 맞아떨어지는 건 책상 하나다.

고급스럽다 못해 기품이 넘치는 것 같은 기분이 드는, 분에 넘치는 책상이다. 가공된 목재로 만든 것이 아닌, 통으로 나무 한 그루를 깎아 빚어낸 책상이다. 쓰면 쓸수록 기품이 더해져 점점 고급스러워지는 신기한 책상이다.

저 책상은 서른을 넘어서까지 사용했으니, 이 방은 영석의 방이 맞다.

영석은 이내 두 손을 바라봤다.

짜리몽땅한 다리를 지나 앙증맞게 자리 잡은 발도 봤다.

작다. 이 정도면 유아의 몸이다.

영석은 다리를 쿡쿡 찔러봤다.

'어?'

감각이 있다. 발가락도 꼼지락거려 봤다. 생각한 대로 움직인다. 코트에서 기절할 때 서 있다고 생각했던 건 착각이 아니었다.

등골을 스치는 짜릿한 느낌에 환호성이 나올 뻔했지만, 영석은 침착했다.

'어디…….'

다리 한쪽을 침대 밖으로 빼내본다. 그리고 나머지 다리도 뺀다. 침대에 걸터앉은 자세가 됐다.

후우…….

심호흡을 하고 몸을 일으켰다.

'서… 섰다!!'

그러나 다시 침대에 풀썩 쓰러지고 만 영석은 부들거리는 다리를 봤다.

기능에는 이상이 없다. 자신이 '일어서는 감각'을 까맣게 잊은 것뿐이다.

기쁨에 눈이 희번덕거리며 몇 번이고 걷는 연습을 했다. 눈이 돌아갔다. 황당함, 슬픔 등을 떠나 지금 이 순간에 집중했다.

한 발자국 두 발자국… 계속해서 걸음이 늘었다. 무엇이든 할 수 있을 것 같다. 자신에게 왜 이런 상황이 일어났는지 궁금하다기보다 걷는다는 사실 자체에 정신이 팔렸다. 가슴이 너무 벅차서 터져 버릴 것 같았다.

"영석아, 밥 먹⋯⋯."

한창 영석이 걷는 연습을 하는데, 방문을 열고 들어온 어머니가 놀란 표정을 지었다.

얼마나 시간이 흘렀는지 방 안이 후끈해지도록 영석은 걷는 것에 집중했다. 몸에서 흘린 땀이 바닥에 작은 웅덩이를 이뤘다. 씩씩거리면서도 미소를 띠며 환희에 찬 광기 어린 영석을 보는 어머니의 표정에 금이 갔다. 유리에 서서히 금이 가다가 조용히 무너져 내리는 모양새다.

심상치 않은 상황에서도 아무렇지 않은 듯 평온을 가장했지만, 이제는 무리다. 그녀의 얼굴에 놀람, 경악, 분노가 교차했다.

"영석이 너⋯ 너⋯⋯!!"

영석은 그제야 인기척을 느끼고 어머니를 바라봤다.

"너 이 녀석!! 뭐야! 왜 그래!!"

어머니가 영석의 팔을 붙들고 거칠게 흔들었다. 영석은 영문을 몰라 황망했다.

"아까부터 왜 그러는 거야! 뭔 이상 있나 네 엄마 아빠가 얼마나 걱정한 줄 알아?!"

그렇게 격정을 토해내던 어머니는 영석을 안고 울음을 터뜨렸다.

일대 소란에 황급히 뛰어온 아버지도 방 안과 영석을 훑어

보더니 표정을 일그러뜨렸다.

영석 일가에게 오늘은 참 소란스러운 하루다.

된장찌개와 명란젓, 자반고등어구이와 직접 구운 돌김까지. 모두가 영석이 환장하게 좋아하는 음식이다. 툴툴댔어도 영석이 멀쩡했다는 게 기뻤던 어머니가 요리 실력을 십분 발휘해 차려놓은 밥상이 싸늘하게 식어가고 있다.

"……."

부모님은 영석이 숟가락을 들 때까지 어떤 말도 하지 않고 기다릴 생각인지, 식탁은 고요하기 그지없었다.

한편, 영석은 고민하고 있었다.

'얘기를 한다고? 이 이해 안 되는 기사(奇事)를?'

고개를 푹 숙이고 자신의 무릎만 보던 영석은 이내 고개를 들어 부모님을 차례차례 응시했다.

'아…….'

어떤 감정이 자리 잡아야 저렇게 혼란스러울 수 있을까.

아마 자신의 눈도 저럴 것이다. 그 모습을 보니 영석은 속이 울컥해지는 것을 느꼈다. 그리고 마침내 입을 열었다.

*   *   *

"…그랬던 것입니다."

진중한, 너무나도 어른스러운 말투로 영석은 차근차근 말을 했다. 자신도 지금 이게 무슨 상황인지 잘 모르겠는 상태, 혼자 가슴속에 그 사실을 묻어두고 앓고 싶지 않다. 차라리 부모님께 말씀드리며 자신에게 일어난 일련의 괴현상을 정리하고 싶었다. 그게 도리라고 생각됐다.

"…뭐?"

부모님 모두 벙쪘다.

이게 무슨 말인지…….

서른둘? 장애인? 휠체어 테니스? 국가 대표 코치?

해괴한 이야기 천지였다. 그러나 망상이라고 치부하긴 힘들다. 이게 일곱 살 먹은 아이의 머릿속에서 나온 이야기라는 게 더 비상식적이다.

"한민지, 검사. 이현우, 변호사. 두 분은 한국대학교 캠퍼스 커플로 사법 고시도 같은 해에 합격하시고, 연수원 생활을 마치고 곧바로 결혼했습니다."

난데없는 영석의 말에 부모님은 놀랐다.

"아직 변호사는 아니지만… 캠퍼스 커플? 그런 말은 또 어디서 들었니?"

영석은 서글프게 웃었다.

모를 수가 있나. 못난 아들 때문에 창창한 두 분의 미래를 나락으로 떨어뜨렸는데.

"특히 어머… 니… 아니, 엄마는 저 때문에 검사 노릇 그만두고 평생 제 수발을 드셨는데요……. 어떻게 잊겠습니까……."

영석의 눈물이 뚝뚝 식탁에 떨어졌다.

이에 얼른 휴지로 눈물을 닦아주려던 어머니도 곧 눈물을 흘렸다. 영석의 얘기가 사실인지 어쩐지는 이 순간에 중요하지 않았다. 아직 젖살도 안 빠진, 그야말로 '애기'가 너무나도 아픈 표정으로 눈물을 흘리는 모습이 그녀의 폐부를 깊숙이 찔렀다. 그러다가 퍼뜩 눈을 크게 뜨며 영석에게 물었다.

"왜? 왜 다리를 다쳤어? 그리고 널 죽인 사람은 누구고?"

증오가 그녀의 안구를 파고들어 가며 불타올랐다.

"교통사고라고 기억은 하고 있습니다. 왜 사고가 났는지는 부모님도 말씀 안 해주셨고요. 절 죽였던 사람은… 모릅니다."

영석의 대답에 부모는 아무런 말도 할 수 없었다. 혼란이 가득해 영석도, 부모도 아무 말을 못 했다. 각자가 상념에 빠진 지 5분여, 아버지가 입을 열었다.

"…밥 먹고 얘기하자. 어찌 됐든 넌 겨우 일곱 살 먹은 아이다. 대회까지 치렀으니 일단 먹자."

아버지가 조용히 말했다.

영석은 말없이 수저를 들었다.

아버지의 말대로다.

재롱 잔치 수준의 작은 대회였지만, 일단은 대회다. 그것만으로 녹초가 됐는데 오열하고, 걷고, 설명까지… 영석의 몸은 그의 의지와 상관없이 순식간에 수마에 빠져들었다.

씻지도 못한 영석의 몸을 어머니가 따뜻한 물로 적신 수건으로 정성스럽게 닦았다.

귀한 아들이다.

그녀의 눈에는 작은 손발이 앙증맞고 귀엽기만 하다.

통통하며 붉은 볼은 너무나 사랑스럽다. 그런데 오늘을 기점으로 뭔가가 바뀌었다.

눈앞에서 자고 있는 아들과 오늘 하루 종일 같이 있었건만, 괜히 한번 잃었다가 되찾은 것마냥 소중했다.

그날, 이현우와 한민지는 밤새 거실에서 이야기를 나눴다.

영석의 얘기를 어떻게 받아들일 건지 논의한 것이다.

*   *   *

"으윽……."

눈을 뜸과 동시에 온몸을 휘감는 통증이 느껴졌다. 기운은 하나도 없고, 두통이 찌르듯 괴롭힌다. 영석은 억지로 몸을 일으켜 침대에 누운 자세 그대로 스트레칭을 시작했다. 전생(?)에서의 습관이다.

'어려서 그런지 쭉쭉 풀리는구나.'

온몸의 근육들이 비명 한 번 안 지르고 쭉쭉 늘어난다. 내친김에 하반신도 찢어보자는 결심을 한 영석은 다리를 놀려 자세를 잡았다.

"헐······."

소름 끼치도록 아무런 걸림이 없다.

몸에 비해 큰 침대라 일자로 찢어보고 온갖 동작을 취하는데 무리가 없었다. 혹시나 해서 다리를 쿡쿡 찔러봤다. 엄지발가락이 자극에 까닥거린다. 정상인 걸 확인하자 피곤에 절었던 몸이 순식간에 활력을 찾는다.

"후읍."

영석은 크게 심호흡하고 땅에 발을 디뎌본다. 여기까진 괜찮다. 이제 몸을 세울 단계.

부들부들.

침대 위에선 자유자재로 움직였던 다리가 사시나무 떨리듯 경련한다. 한 걸음 한 걸음. 어제보단 조금 더 원활하게 걸어본 영석은 내친김에 거실까지 나가보기로 마음먹었다.

문을 열고 나오자 부산스럽게 움직이는 어머니가 보였다. 사이즈가 각기 다른 목발 서너 개가 줄지어 늘어져 있고, 심지어는 보행기까지 거실에 자리 잡고 있었다.

영석의 기척을 눈치챈 어머니가 발랄하게 입을 뗀다.

"아드님. 이 애미가 능력을 발휘해서 아드님의 옥체를 움직이는 데 도움이 될 것을 준비했지요."

이번 개그는 재미없다.

영석은 가볍게 한숨을 쉬며 답했다.

"고마워요, 엄마."

"왜 엄마 친구 영애 있지? 모르려나?"

모를 수가 있나.

반신불수가 됐어도 끝까지 자신의 주치의를 자처했던 이모다.

갑작스럽게 대회장에서 쓰러진 영석에게 달려온 세 명 중에 한 명이 영애다.

"알죠. 엄마 혹시……."

혹시나 자신이 어젯밤 털어놓은 얘기를 친구에게 상담했을까 궁금했지만, 이내 궁금증을 접었다. 영석의 부모는 영석이 열 번 죽었다 깨어나도 못 따라잡을 인재들이다. 사고하는 차원이 평범한 사람들과는 궤를 달리한다. 분명, 자신의 생각 이상의 길을 닦아놓고 계실 거다.

"아녜요."

"그래? 아무튼 걔한테 조금 상담했더니 아침에 밑의 애들 시켜서 보냈더라. 그리고 직접 집에 와서 봐주겠대. 아주 나보다 더 호들갑이라니까?"

그 뒤로도 한참을 명랑하게 재잘거리는 어머니다. 영석은 그 배려에 감사할 뿐이었다.

*　　　　*　　　　*

"근육이나 인대는 아무 이상 없어."

상쾌한 느낌의 미녀가 영석의 다리를 한참이나 조물거리다가 답을 내렸다. 어머니의 친구 최영애가 약속대로 집으로 와 영석을 살펴봤다. 그녀는 어머니의 환대도 듣는 둥 마는 둥 무시하며 영석을 찾았었다.

몇 번이고 진중하게 진찰하는 그 모습에 영석은 신선함을 느꼈다. 부모님의 젊은 모습도 신기했지만, 지인의 젊은 시절도 꽤나 충격적이다.

"왜 걷기 힘든 거지?"

영애가 한숨을 쉬며 자문했다.

그리고 순식간에 집중하며 해답을 찾으려 했다. 눈동자에 광체가 번뜩인다.

과연 그녀답다. 후에 여자의 몸으로 그 힘들다는 흉부외과의 교수 자리까지 차지할 수재다웠다.

그러나 영석의 상태는 질환이 아니기에 답을 찾을 수 없다. 몸을 일으키며 최영애가 입을 뗐다.

"우선 아까 하던 대로 계속 걸으려 노력해 봐. 매일매일 민지 네가 나한테 전화하고. 이번 주 토요일에 병원에 들러. 문제없는 것 같지만 이것저것 검사라도 해야겠어."

모친보다 더 극성이다.

"왔는데 밥이라도 먹고 가."

어머니가 붙잡았지만, 바쁘다며 순식간에 집을 나서는 그녀였다.

그렇게 폭풍 같은 시간이 지나가고, 거실에 덩그러니 남겨진 모자.

영석이 퍼뜩 생각난 듯 입을 뗐다.

"지금이 몇 년도예요?"

"하, 아무리 어제 들었다지만… 그 말투는 뭐니? 아무튼 1991년 2월 25일이다."

영석은 충격을 받았다. 91년이라니……

어쩐지 옷이며 가구며 조금 예스럽다 했다.

91년… 영석은 도무지 생각이 안 나는, 너무나 아득한 기억이자 흑백으로까지 느껴지는 세상이다.

"그러고 보니… 아버지는요?"

이 시대엔 삐삐가 있었나… 같은 시시한 생각에 빠졌던 영석은 이내 집을 둘러보다 아버지가 안 계시는 걸 보고 물었다.

"출근."

"어, 엄마는요?"

"응. 아드님 보살피려고 휴가 썼지."

"그게 가능해요?"

"안 될 건 뭐야? 네 입학식까진 휴가다."

영석은 황당했다.

사회적으로 최고의 위치에 있는 모친이지만, 조직 내에선 아직 초짜다. 이렇게 마음대로 휴가를 쓸 수 있나?

"…입학식은 언젠데요?"

"다음 주 월요일입니다, 아드님. 어여 일어나서 밥 먹읍시다."

얼떨떨한 영석은 다시 몸을 일으켜 식탁을 향했다.

"헉… 헉……."

밥을 먹고 나선 계속 거실을 뱅뱅 돌았다. 점차 '걷는 감각' 자체를 몸이 이해하고 있다는 게 느껴진다. 하지만 아직 일체감은 못 느낀다.

팔을 움직이는 건 생각과 동시에 가능하지만, 다리는 생각을 하고 움직이기까지의 과정 사이에 '덜컥' 걸리는 게 느껴졌다. 신체에 이상이 없다면, 정신적인 작용이 신체를 제어하고 있는 것이라는 추측을 할 수 있다.

어쩌겠는가. 꾸준히 걸을 수밖에.

어머니는 손에 수건을 쥐고 안절부절 영석의 땀을 닦아주기에 바빴다.

"죄송해요. 예나 지금이나 엄마한테 고생만 시키네요."

"됐다. 그런 말 하지 마. 익숙지 않으니까."

새초롬하게 답하는 어머니를 보며 영석이 피식 웃었다.

훈련은 저녁밥을 먹고도 이어졌다.

일찍 퇴근한다고 한 소리 들었을 아버지가 6시부터 영석을 쫓아다니며 수발을 했다.

8시가 되며 영석은 대충 샤워를 하고 기절하듯 침대에 쓰러져 잤다.

 　　　　*　　　　*　　　　*

"음, 역시 아무 이상 없어."

토요일이 되자 병원에 간 부모님과 영석은 영애의 말에 안도하는 표정이었다.

병원에서 받을 수 있는 모든 검사는 다 받은 것 같다. 영애는 정말이지 집요할 정도로 영석의 안위를 걱정해서 검사에만 무려 4, 5시간은 소요됐다.

"걷는 건 어때?"

영애가 영석을 바라보며 물었다. 가뜩이나 사람들이 붐빌 수밖에 없는 토요일에 하루 종일 외래 진료로 시달린 영애의 피부는 푸석푸석하게 가라앉았다.

지치기는 영석도 마찬가지였지만 영석은 그런 영애에게 환하게 웃으며 답했다.

"별문제 없이 잘 걸을 수 있어요. 조금 신호가 늦는 거 같은 느낌만 빼면 괜찮습니다."

"……?"

영애는 영석의 말투에서 기묘한 위화감을 느꼈다. 표정도 그렇다. 아이 특유의 해사한 웃음이 아니다. 영석의 부모만큼이나 영석에게 쏟는 애정과 관심이 지대한 영애에게 영석의 변화는 쉽게 다가왔다. 그녀가 살며시 자신의 친구이자 대학

동기인 이현우와 한민지를 살폈으나 애써 눈을 돌리는 게 보였다.

'뭐야……'

나중에 한번 문초(問招)를 해봐야겠다고 다짐한 영애는 다시 영석에게 시선을 맞추고 말했다.

"그래? 그래도 매주 한 번씩 와. 이제 입학하고 나면 학교 다닐 거고, 일찍 끝나는 날 이리 오면 돼. 가까우니까 혼자 다닐 수 있을 거야."

어머니와 마찬가지로 예나 지금이나 염려가 많은 이모다.

"아참, 입학 선물 줘야지."

주섬주섬 책상 밑에서 거대한 박스를 꺼내 든 영애가 영석에게 말했다.

"뜯어봐."

영석이 부모님을 힐끗 올려다보고 박스를 뜯었다.

"세상에……"

영석은 형형색색의 물건들을 보고 놀랐다.

윌슨 사의 주니어 라켓 두 자루와 나이키의 테니스화 한 켤레가 들어 있었다. 그리고 그걸 담을 테니스 가방까지. 종합선물세트였다.

"성인용 쓰게 하기엔 아직 불안해서 주니어용으로 샀어. 금방 자라니까 신발도 한 켤레만 샀고."

무심하게 두두두 말을 쏟아낸 영애가 부끄러운 듯 괜한 헛기침을 한다. 친구인 영석의 부모 앞에서 대놓고 오지랖을 부린 게 민망해서다.

"어머, 예쁜 거 잘 샀네~!"

"고맙다."

현우와 민지가 한 마디씩 고마움을 표했고 영석도 한마디했다.

"고맙습니다. 잘 쓸게요!!"

인사를 하고 병원을 나서는 영석의 얼굴엔 웃음이 떠날 줄을 몰랐다.

"그렇게 좋아?"

어머니가 묻자 영석은 아련한 목소리로 답했다.

"부모님을 제외하면 절 가장 아껴주시는 분이니까요."

"그러게. 고 기집애는 네가 태어났을 때부터 널 이상하게 예뻐했었어."

선물을 한 아름 안고 집으로 돌아가는 길은 넘치는 사랑을 받아서일까, 행복했다.

　　　　　*　　　　*　　　　*

입학식이 찾아왔다.

그동안 영석은 끊임없이 걷고 또 걸었다.

할 수 있는 일이라곤 그것뿐이었다.

그리고 덥석 찾아온 입학식 당일.

"영석이 어딨어?"

기어코 시간을 쪼개 영석을 축하하기 위해 온 영애가 한민지와 이현우를 닦달한다.

"하여튼, 고 계집애. 누가 보면 지 아들인 줄 알겠어. 나 이러다가 두 눈 멀쩡히 뜨고 아들내미 뺏기는 거 아냐?"

한민지가 타박했다. 그들 셋에겐 이게 인사다.

영애가 왜 그렇게 영석에게 목을 매는지 알고 있는 한민지와 이현우는 말과 다르게 영애를 자신들 사이에 세웠다.

'길어……!'

확실히 길다.

초등… 아니, 국민학교에 갓 입학한, 젖살도 안 빠진 꼬맹이들이 알아들을 수 있을 거라 생각한 건지, 아니면 스탠드에 인산인해를 이루는 부모들에게 하는 말인지 모를 훈화가 끝없이 이어졌다.

찰칵찰칵.

자신들의 아이를 발견하고 그대로 셔터를 눌러대는 부모들 덕분에 영석은 마치 코트에 선 기분이 들었다.

'패럴림픽 때도 이렇게 사진들을 많이 찍었었지……'

다만, 디카가 아닌 필름 카메라라는 점과, 교문 밖으로 줄지어 늘어진 허접한 국산 차들이 영석에게 끊임없이 현실감을 부여했다.

"…바랍니다."

"끝으로 교가 제창이 있겠습니다."

훈화가 끝나자마자 대기하고 있던 고학년 여자아이가 단상에 올라 지휘봉을 치켜들었다.

설치된 오디오에서 음악 소리가 흘러나오며 교가가 시작됐다.

'촌스럽다.'

미리 나눠준 팸플릿을 펼쳐서 교가를 봤다.

무슨 산, 정의로운 기운을 받아……

영석은 붕어처럼 입을 뻐끔거렸다.

"김치ㅡ!"

공식적인 입학식 행사가 끝나자 영석은 영애와 부모님에게 시달렸다.

아버지뿐 아니라, 어머니와 영애에게도 번쩍번쩍 들려서 품에 안겨 사진을 찍기도 하고, 아버지의 목마를 탄 상태로 사진을 찍기도 했다.

'다들 힘도 좋아…….'

피곤했지만 슬며시 기쁜 기색이 영석의 마음속에서도 고개를 들었다.

그 뒤로, 차를 타고 학교를 벗어나 한적한 식당에서 식사도 하며 즐거운 한때를 보냈다.

'정말 돌아왔구나.'

그런 영석의 소회(所懷)와 상관없이 시간은 무정하게 하루 하루 흘렀다.

그리고 끔찍한 지겨움이 찾아왔다.

아니, 지겨운 걸 넘어서 소름이 돋는다.

교사들의 아이 다루는 말투부터 주파수 높은 아이들의 목소리까지.

공부는 또 어떤가. 기역니은을 쓰고 있는데, 정신이 혼미하다.

전생에도 공부만큼은 곧잘 해서 검정고시도 쉽게 통과했고, 수능도 잘 봐서 내로라하는 대학에 합격했었다. 테니스에 전념하느라 입학은 안 했지만, 부모님과 스스로에게 떳떳할 만큼의 인생을 살았었다.

언제 한번 인생 플랜을 확고하게 수립해야겠다는 다짐을 하고 영석은 병원을 향하고 있었다. 부모님의 절친인 영애에게 진찰받으러 가는 날이다.

입학하고 1주일이 지났지만, 하굣길은 늘 혼자다. 도무지 아이들하고 어울리지를 못하겠어서 혼자 다녔다.

"일단, 집에 들렀다 가야겠다."

교과서며 각종 책들로 가득한 가방이 꽤나 묵직했다. 그냥 줄 노트가 아닌, 일정한 양식으로 줄과 칸이 나뉜 알림장과 촌티가 느껴지는 폰트로 가득한 교과서들은 쓸데없이 부피가 컸고 무거웠다.

학교에서 병원 가는 길 사이에 집이 있으니 들러서 가방을 놓고 올 생각을 한 영석은 터벅터벅 걸음을 옮겼다.

찌잉.

"큭······."

집에 가방을 놓고 다시 경비실을 지나쳐 단지를 나온 영석은 갑자기 찾아온 두통에 비틀거렸다.

"뭐지······?"

기분이 심하게 나빠지면서 구역질이 나올 것같이 속이 울렁거렸다. 자신이 죽고(?) 다시 돌아와서의 며칠 동안과 마찬가지다. 신경이 너덜너덜해지도록 팽팽하게 당겨졌다가 풀어졌다가 제멋대로 반응하는 바람에 급격하게 심신이 지쳐갔다.

영문 모를 기현상.

심장이 벌렁거리며 몸이 차갑게 식어갔다. 한 걸음 옮길 때마다 계속해서 기분이 나빠졌다.

빨리 병원을 가야겠다고 생각한 영석은 걸음을 서둘렀다. 10분이면 가는 거리니 괜찮다고 여겼다.

시야에 멀리 있는 교차로가 눈에 들어오자 심장이 더 빠르게 뛰었다.

굉장히 불행한 예감이 들었다. 이상한 기시감이 생기며 불안해지기까지 했다.

그러나 한편으로는 도대체 왜 이런 기분을 느끼는지 꼭 알아야겠다는 영석 특유의 아집이 발동해서 걸음을 멈추지 않았다.

"······!!!"

이 모든 온갖 마이너스 기운은 한 여자아이를 보자 절정에 달했다.

의식이 멍해지며 불길한 영상이 재생됐다. 자의와 타의가 섞여 봉인되었던 기억이다.

*　　　*　　　*

하굣길이었다.

그때도 딱 지금의 나이였을 것이다.

자세한 얼굴은 기억나지 않지만, 급우와 막대 사탕을 하나씩 입에 물고 문방구에 준비물을 사러 갔었다. 이 교차로, 바로 이곳이었다.

그때도 저 여자아이가 있었다.

신호등이 초록 불로 바뀌고, 배운 대로 두 명의 아이는 손을 번쩍 들며 횡단보도를 건넜다. 그 여자아이는 영석 일행을 보며 쿡쿡거리며 웃었다. 너무나 귀여워서 영석과 급우는 흠칫거리며 몸을 배배 꼬았다.

그렇게 아이들이 무더기로 횡단보도를 건너는 그때, 거짓말같이 봉고차가 들이닥쳤다. 꽤나 멀리서부터 전력으로 달려오는 차에 아이였음에도 영석은 예의 기계적이며 초인적인 반응으로 급우를 안고 뒤로 몸을 던졌다. 침착함과 천재성은 그런 위기 상황에도 발휘됐었다.

그러나 불행은 앞서 길을 건너던 여자아이가 눈에 밟히면서 시작됐다.

'위험해!'

구할지 말지, 가능한지 불가능한지 따질 겨를이 없었다.

영석은 순식간에 일어나 몸을 날렸다. 여자아이를 앞으로 밀칠 요량이었다.

최소한 여자아이는 살릴 수 있으리라. 몸을 날리면서도 영석은 계산이 섰다. 자신이 치이겠지만, 그건 어쩔 수 없었다. 자신의 역량으로 구할 수 있는데 구하지 않는 건 용납할 수 없었다. 이런 사고방식을 본능적으로 지녔었다. 그는 어릴 때부터 그랬다.

하지만 영석의 계산은 틀어졌다.

운전수가 급하게 핸들을 꺾으며 브레이크를 밟았기 때문이다.

끼이이이익— 쾅!!

오히려 여자아이가 정면으로 부딪혀 버렸고, 자신도 차체의 뒤에 충돌했다. 데굴데굴 구르면서도 영석은 여자아이를 바라봤다.

믿기지 않게도, 여자아이는 요정처럼 훨훨 공중에 날아갔다. 그리고 가로등에 몸이 충돌하며 불길한 소리가 났고, 머리부터 다시 추락했다.

퍽.

사람의 몸이 떨어질 때는 참으로 끔찍한 소리가 났다.

그리고 여자아이는 목이 부러졌다. 허옇다고 해야 할까, 누렇다고 해야 할까. 아니, 갈색이 맞겠다. 뇌수가 피와 섞여 기괴한 웅덩이가 됐다. 심장이 멎을 듯한 공포로 돌아 버릴 것 같았다. 영석은 누워서 그 섬뜩한 장면을 보고 있다가 다리 쪽에 끔찍한 고통을 느끼고 기절했었다.

그리고 깨어났을 때는 아무것도 기억하지 못했다.

*   *   *

'그래, 그랬었지. 결국 저 아이는 죽었고, 나는 다리병신이 됐고.'

영석은 드디어 불길함의 정체를 알았다.

자신의 인생에서 빼놓을 수 없는 거대한 사건.

평생을 장애인으로 살게 했던 끔찍한 분기점에 맞닥뜨렸기 때문이다.

굉장히 긴 것 같았지만, 기억이 재생되는 데는 불과 1, 2초만 소모됐을 뿐이다.

신호등은 초록 불이 됐고, 여자아이는 총총 횡단보도를 건너고 있었다. 어른의 시선으로 봐도 굉장히 귀엽고 밝아 보이는 아이다.

'저렇게 어리고 가냘픈 아이가……'

가슴이 미어졌다.

그리고 거짓말처럼 차가 달려온다.

예전의 기억과 똑같다.

"이런 씨발!!!"

끔찍할 정도의 기억, 트라우마의 범주를 벗어나서 아예 단기 기억 상실이 되어버린 그 기억을 마주했음에도 영석은 달렸다.

또다시 사고가 난다면, 앞으로 또 그 음울함으로 점철된 생활을 하게 된다면, 이번에는 다리가 아니라 자신이 죽는다면······.

영석도 인간이다. 온갖 상념에 망설이고 싶은 마음도 있다. 하지만 그는 주저함이 없다. 미친 듯이 겁나고 괴롭지만 이 또한 극복해 낼 것이라는, 이번에는 다를 것이라는 오기와 아집이 있었다. 그는 그렇게 태어난 존재다.

다리가 말을 잘 듣는다.

뛰는 건 언감생심 생각도 못 하고 걷는 것에도 불편함을 느꼈었던 다리가 기이할 정도로 빠르게 움직인다. 평소 걸리적 거리던 과정이 생략됐다. 정말 자신의 다리가 맞는지 의심이 든다. 평생 이처럼 빠르게 달린 적이 있을까? 몸이 붕 떠서 기괴한 감각이다. 말 그대로 '깃털' 같다.

횡단보도를 지나쳐 여자아이가 바로 앞으로 불쑥 다가왔다고 느껴질 정도의 속도다. 자신이 달린 것이 아닌, 저 앞의 공간이 자신에게 끌려온 느낌이다. 그야말로 귀신의 빠름, 신속(神速)이다.

잡념이 사라지고 본능에 맡긴다.

다급한 발소리에 놀란 여자아이가 고개를 돌려 영석을 바라본다.

동공이 커지는 게 굉장히 또렷하게, 그리고 느리게 영석에게 인식된다.

트럭이 달려오는 속도 또한 느리다. 기껏해야 자전거의 속도?

모든 것들이 느려졌는데, 영석의 다리만 빠르게 움직인다. 이질적이다.

영석은 여자아이를 품에 안았다.

분명 영석보다 무거워 보이는 아이임에도 하나도 부담이 없었다.

…문제는 여자아이가 영석보다 크다는 것이다.

영석은 당황스러울 법도 했지만, 여자아이를 안은 팔에 힘을 주고, 땅을 강하게 찼다.

달려온 속도가 그대로 적용돼 몸이 붕 떴다. 아니, 앞으로 날았다.

부우우우웅!

무사히 횡단보도를 건너 데구르르 몸을 굴린 영석은 쌩하니 지나친 트럭의 번호판을 봤다. 순식간에 번호판이 눈에 박힌 듯 선명하게 보인다. 영석 자신은 눈치채지 못했지만, 눈에 귀화(鬼火)가 어린 듯 활활 타오르고 있었다.

대낮에 일어난 위험천만한 사건.

주변의 어른들이 토끼 눈을 하고 몰려온다.

영석은 품에 안긴 여자아이를 봤다. 놀랐는지 몸이 딱딱하고 얼굴이 창백하다. 숨 쉬는 것도 잊을 정도로 놀랐는지 호흡하는 기색이 없다. 눈도 깜빡이지 않고 덜덜 떨고만 있다.

기뻤다.

죽었던 여자아이, 병신이 됐던 자신의 다리.

모든 것이 괜찮았다. 자신은 이겨냈다.

짜릿한 희열이 등골을 타고 온몸을 돌아다녔다.

영석은 여자아이를 꼬옥 안고 등을 쓰다듬어 주었다.

"괜찮아. 괜찮아."

여자아이의 몸이 따뜻해졌다.

그리고 엉엉 울기 시작했다.

다리 근육들이 뻐근하게 아파왔지만, 영석은 개의치 않았다.

이겼다.

과거에 이긴 것이다.

*　　　　　*　　　　　*

"영석아아아!!!"

우당탕 거칠게 병실 문을 열고 영석의 부모가 달려왔다.

아직 쌀쌀한 봄인데도 블라우스와 셔츠가 축축하게 젖어 있다. 전력으로 달렸으리라.

영석은 안심하라는 듯 웃어 보였다. 그리고 눈으로 주변을 훑었다.

2인실.

옆의 베드에는 여자아이가 겁나는 듯 영석의 부모를 보고 있었다. 그제야 조금 침착해진 부모님은 영석에게 다가와 온몸을 쓰다듬었다.

"괜찮아? 괜찮은 거니?"

영석은 부모님을 안으며 말했다.

"괜찮아요. 하나도 안 다쳤어요."

뒤이어 영애가 병실에 들어서서 이것저것 말해준다.

"목격자들이 병원에 연락해서 응급차 보내서 데려왔어. 다행히 아이들은 안 다쳤고. 내가 확실하게 검사했으니 걱정 마. 그래도 놀랐을까 걱정돼서 일단 입원시켰어."

"고마워 영애야……."

"고맙다……. 정말 너한테는 신세만 지는구나."

부모님이 영애에게 연신 고마워했다.

영애는 사람 좋은 웃음을 띠우고 영석에게 푹 쉬라며 전하고 나갔다.

여자아이는 그새 곯아떨어졌다.

"에휴. 이 엄마가 요즘에 신경이 녹아내리고 있다. 이게 도대체 무슨 일이니."

의자에 앉으며 안도의 한숨을 쉬는 부모님을 보며 영석이 입을 뗐다.

"제가 저번에 말씀드렸었죠? 제 미래, 장애인이 됐었던……."

"응."

차갑게 눈을 굳히며 영석이 말했다.

"기억났어요. 왜 그렇게 됐었는지."

영석은 기이한 기시감과 자신이 겪었었던 일 모두를 부모님에게 전했다.

저 아이를 구하지 못했었는데 이번에 구했던 것, 다리가 괜찮아진 것, 그리고 차량의 번호까지.

으득.

영석의 얘기를 조용히 듣던 아버지, 이현우의 눈에 냉엄한 칼날이 자리 잡았다. 한민지의 마냥 웃는 상이 차갑게 가라앉았다.

"잡으마."

이현우의 강건한 의지가 전해져 왔다.

"…꼭 잡는다."

흉금에 있는 말은 너무나 참혹하고 끔찍해서일까, 한참을 걸러낸 끝에 한마디를 씹어뱉은 한민지의 목소리가 북풍한설이다.

차갑게 가라앉은 눈으로 꼭 범인을 잡아내겠다고 한 부모님이 서둘러 돌아가고, 여자아이가 깨어났다. 여자아이의 부모도 곧 병실에 들이닥쳐 제 딸의 무사함을 확인하고 영석에게 연신 고맙다며, 평생 이 은혜 잊지 않겠다며 연신 고개를 숙였다. 아이인 자신에게도 고개를 숙이는 그 마음이 너무나 따뜻해서 영석은 환히 웃었다.

아마 평생을 통틀어 이렇게 기분 좋은 날은 처음일 거다.

별 이상이 없는 여자아이의 상태를 확인한 부모는 영석의 만류에도 기어코 영석의 몫까지 입원비를 지불했다. 같은 동네 주민이니 꼭 찾아가서 인사하겠다며 영석의 부모에게도 연락하고는 병실을 나섰다.

영석은 새근새근 잘도 자는 여자아이를 물끄러미 바라봤다.

'이 아이는 이제 원래의 인생을 살아갈 수 있겠지?

구했다는 뿌듯함, 극복했다는 자신감, 완전히 기능을 회복한 다리까지……

한가득 설렘을 안고 영석은 잠을 청했다.

                    *   *   *

꿈.

꿈인 걸 알고 있다.

시야에 가득한 어둠을 인식하자마자 영석은 자연스레 깨달았다.

이렇게 실감 나는 걸 보니 아마 깨어나면 하루 이틀은 선명하게 기억에 남으리라. 하지만 지금 당장 이 꿈에서 벗어날 수는 없다.

어두컴컴한 공간에서 영석은 당황했다.

'뭐지?'

그때였다.

번쩍―

정면에 거대한 스크린이 밝게 빛났다.

노이즈가 잔뜩 낀 화면이 흘러나온다.

소름이 쫙 끼치며 뒤통수가 근질거렸다. 무서웠다.

평소라면 의연하게 대처할 영석이지만, 꿈에서는 당장 도망치고자 하는 본능이 스멀스멀 올라왔다. 영석이지만 영석 본인이 아닌 것 같은 이질감에 계속해서 전율 같은 소름이 온몸을 타고 흐른다.

그리고 다시금 그 끔찍한 기억이 스크린을 통해 재생됐다.

급우를 안고 뒤로 뛴 다음 벌떡 일어난 꼬맹이가 이를 악물고 여자아이에게 손을 뻗친다.

눈이 말 그대로 '이글이글' 불탄다. 한 점의 불안함과 의심도 없는 굳건한 아이.

이윽고 밀쳐진 여자아이를 트럭이 들이받고 여자아이는 목이 부러져 죽는다.

꼬맹이는 엎드려 쓰러져 있는데, 차의 뒷바퀴가 타이어 자국을 남기며 꼬맹이의 허리를 스쳐 지나간다.

우둑—

불길한 소리가 들리고 꼬맹이와 여자아이의 처참한 모습을 끝으로 재생은 멈췄다.

그리고 불현듯 더 큰 공포가 찾아왔다.

"축하한다."

영석은 갑자기 들려온 목소리에 심장이 튀어나올 것 같은 두려움을 느꼈다.

한없이 두렵고 무서워서 이를 딱딱 부딪칠 수밖에 없다.

스크린에는 과거의 기억이 아닌 이번의 사건을 비췄다.

저 멀리서부터 엄청난 속도로 달려오는 꼬맹이.

두 팔을 크게 휘저으며 무시무시한 눈빛으로 달려온다.

오기, 자신감, 불안함… 온갖 감정이 휘몰아치는 아이의 눈은 조금은 어두웠지만, 어두운 나름대로의 빛을 발했다.

횡단보도의 절반쯤을 건너고 있던 여자아이를 껴안은 꼬맹이는 그대로 몸을 날려 엄청난 도약을 했다. 대략 3미터 정도를 훌쩍 뛰어버린 것이다. 영석 자신이 봐도 저게 7살 난 아이가 맞는지 의심스러울 정도로 신기했다.

그때.

부욱!

그 스크린을 찢고 나타난 거대한 존재……

거인(巨人)? 아니다. 팔다리가 붙어 있나? 아니다, 모르겠다.

분명 똑바로 바라보고 있는데 무엇인지 모르겠다.

한없이 두렵고 두려워서 눈물이 줄줄 흘렀다. 영석은 패닉에 빠졌다.

그 이형의 존재가 뜻을 전했다.

"너에게는 감탄했다, 이영석."

어떻게 음절 하나하나가 이리도 심장을 옥죄어오는지…….

철푸덕.

영석은 주저앉아 버렸다.

하나의 생물로서 감당할 수 없는 존재감에 어쩔 줄을 몰랐다.

똥오줌을 지리지 않은 것만 해도 다행이다.

"갸륵한 아이. 지금의 너를 '존재'토록 하겠다. 그리고 너는……"

뒷말은 들리지 않았지만, 그 말이 끝남과 동시에 영석의 의지와 상관없이 벽돌에 맞아 죽은 당시의 감정이 훅 밀려왔다.

절박한 와중에 말을 안 듣는 다리에 화도 났고, 범인을 원망하던 감정들이 심장을 뚫고 지나갔다. 그러자 영석을 짓누르던 존재감이 사라지고, 본인이지만 본인 같지 않게 느껴졌던 이질감도 사라졌다.

그리고 영석은 꿈에서 깼다.

영석은 아무에게도 얘기하지 않았다. 부모님도 예외는 아니었다. 기괴한 꿈 얘기까지 할 정도로 사리 분별이 안 되는 인물이 아니다.

다음 날, 영석은 가뿐한 몸으로 퇴원했다.

*　　　　*　　　　*

주말.

황금 같은 토요일이다.

영석의 부모와 영애, 그리고 낯선 남자가 코트에 모였다.

'의사가 토요일에 밖으로 나와? 대학 병원 의사가?'

라는 의문이 들었던 영석이지만, 그러려니 했다. 91년도에 코트 딸린 별장이 있는 영애인데, 무엇이 불가능할까.

그런데 영애 옆에 있는 남자는 처음 보는 사람이다. 평생 독신으로 대학 병원 교수 자리까지 오른 게 영석이 기억하던 영애의 삶인데······.

영석의 눈에 담긴 의문을 읽었을까, 영애가 말했다.

"너희 가족에게 소개해 주려고 데리고 왔어. 나도 이제 결혼을 진지하게 생각해 보려고. 같은 곳에서 근무하는 후배 의사야."

"아, 안녕하세요. 최태식이라고 합니다."

남자가 숫기 없이 말한다.

인상도 좋고, 순박해 보인다.

나름 화기애애하게 인사를 나누고 나서 영석은 라켓을 휙 휙 휘둘러 봤다.

'땅을 밟은 상태에서 라켓을 휘두르다니……'

감격에 살짝 젖은 영석에게 아버지 이현우가 말했다.

"영석아, 박스 볼 몇 개만 치자."

네트 너머에 자리 잡은 아버지의 호출에 영석은 두근거리 는 가슴을 심호흡으로 진정시키며 베이스라인에 섰다.

아버지의 옆에는 마트에서 쓰는 카트가 있었고, 그 카트엔 눈을 찌를 듯이 밝은 형광색의 공이 가득 차 있었다.

'새 공이잖아… 저게 도대체 얼마야?'

새삼 부모님과 영애의 부유함에 질린 영석이다.

아버지가 가볍게 자신의 라켓으로 공을 쳐서 영석의 우측 으로 보냈다. 포핸드 스트로크를 치라는 것이다.

'어디… 가볍게 가볼까?'

스텝은 알 리가 없다. 그는 이동도 팔로 했던 선수니까.

그러나 명색이 세계 최고의 선수였던 영석이다.

호흡이나 타점, 공을 밀어내며 동시에 긁어버리는 스윙까 지. 그는 완벽하다는 찬사를 들었던 인물이다.

그러나.

틱!

'어라?'

헛스윙에 가까운 망한 포핸드 스트로크(Forehand stroke : 테니스 경기에서 라켓을 든 손 쪽으로 치며, 지면에 바운드된 공을 라켓의 앞면으로 치는 기법)다. 공이 거트에만 살짝 닿았다.

공을 넘겨준 부친도, 옆 코트에서 노닥거리던 모친과 영애도… 그리고 영석까지 모두 할 말을 잃었다.

'어???'

가장 놀란 건 영석 본인이다.

"아빠!! 다시요!!"

부끄러움에 빽 소리를 지른 영석, 엉겁결에 공을 다시 쳐준 부친까지… 모두 황당했다.

펑!

이라고 들려야 하는데, 이번에는 팡! 하는 소리만 났다.

전보다 훨씬 나았지만, 영석은 손목이 시큰거렸다.

엄청난 톱스핀(Top spin : 공에 전방 회전을 가하는 일. 바운드 후에 공이 진행 방향으로 빠르게 튀거나 굴러간다)을 걸어 상대를 꼼짝 못 하게 했던 영석의 포핸드가 네트만 살짝 넘기는 질 낮은 공이 됐다.

영석을 주의 깊게 봤던 부친이 눈에 이채를 띠며 말했다.

"영석아, 이리 가까이 와서 스윙해 보거라."

충격을 받은 영석은 어기적 가서 몇 번 휘둘렀다.

"응? 궤적이 왜 그래? 짧은데?"

"네?"

"거기에 그립은 왜 웨스턴(Western grip : 라켓 면이 지면과 평행을 이루도록 라켓을 잡는 방법)으로 잡아? 원래 이스턴(Eastern grip : 라켓의 헤드 면을 수직이 되게 하고 손잡이를 위에서 잡는 방법) 잡지 않았어?"

"아!!"

부친의 말에 영석은 깨닫는 바가 있었다.

"죄송한데, 어머니랑 잠깐 랠리라도 하고 계셔요."

조금 싸가지 없게 느껴졌을까 걱정했지만 영석은 지금 큰 혼란을 겪고 있었다. 중얼거리면서 벤치로 가 털썩 앉는 영석을 보던 부친은 고개를 절레절레 저으며 부인을 불렀다.

"여보~ 아들이 당신하고 공 치고 있으래."

"아이고 세자 저하님께서 그리 말씀하신다면 쉰네가 따라얍죠. 헤헤."

비꼬는 모친의 목소리에도 영석은 생각하는 걸 멈출 수가 없었다.

'그래, 휠체어에 앉아서 공을 치다 보니 스윙의 방식이 달라졌구나. 타이밍, 타점, 궤도, 공의 질까지 완벽하게 다른 거야.'

겨우 몇 번 휘둘렀다고 손목이 지끈거렸다.

'공으로 포물선은 크게 그리는 게 유리하다 보니 톱스핀 위주로 공을 긁었던 거야. 공을 밀어내는 힘은 허리랑 팔에서 끌어왔었고, 손목에서 그걸 제어했었지.'

점점 집중도가 높아지고 중얼거리는 속도가 빨라진다. 영석은 일어나서 다시 스윙을 해봤다.

그립은 보다 이스턴에 가깝게 바꾸고 최대한 밀어버린다는 생각을 했다. 하지만.

"아니야."

고개를 숙이며 다시 생각에 들어간 영석.

'부자연스러워. 나에게 이게 최적의 스윙이었기 때문에 의식적으로 바꾸기 힘들다. 이스턴은 밀어 치는 거고 웨스턴은 긁는 거다? 2016년엔 90%의 프로 선수가 스트로크의 대부분을 웨스턴이나 세미 웨스턴으로 잡고 쳤어. 이건 그립의 문제가 아니라 스윙의 문제다. 몸은 기억 못 해도 정신이 기억해. 수십만 번 휘둘렀던 스윙을 어떻게 다시 고쳐. 몸이 발달하지 못한 상황에서 이 스윙을 몸에 붙이려 하다간… 엘보 온다.'

영석은 갑자기 아득했다.

그러고 보니 자신은 스텝도 모른다. 서브? 서서 하는 건 모른다. 포핸드는 보다시피 이 지경이고, 백핸드(Backhand stroke : 라켓을 들지 않은 쪽으로 공을 치는 타법)는 안 봐도 비디오다. 완전히 하얀 백지가 돼버렸다. 쌓아 올린 모든 것이 다 리셋됐다.

'가만… 리셋?'

Chapter 3
새로운 시작

영석은 벼락 맞은 느낌을 받았다.

아직 때 묻지(?) 않은 부위가 있다.

'왼팔!!'

왼손으로 라켓을 쥐어봤다. 어색함이 밀려온다. 그래도 세밀하게 휠체어를 조작했던지라, 생각만큼 라켓이 무겁게 느껴지진 않았다. 즉 오른팔과 왼팔의 근력을 뇌에서 '비슷하다'고 의식하고 있는 것이다.

부웅—

느릿한 스윙이 이어졌다.

영석 자신이 생각하기에도 한심한 스윙이다.

그래도 쌓아 올릴 수 있다는 생각은 들었다.

'왼팔로 포핸드를 다룬다. 그럼 백핸드는?'

정답을 하나 내놓자, 좋은 아이디어가 밀려온다.

'오른팔의 감각과 경험을 죽이기엔 아쉽다. 왼팔로 원 핸드 백핸드를 치기엔 무리야. 투 핸드 백핸드로 가자. 그럼 주(主) 손이 될 왼손으로 컨티를 잡고… 왼손 위로 오른손은 컨티(Continental grip : 테니스에서 라켓 면이 코트 면에 수직이 되도록 세워 라켓을 쥐는 방법)와 웨스턴 사이? 이스턴? 다 해보자.'

획!

휘익!

쉐엑!

마지막 시도에서 한 줄기 빛이 흐른다고 생각될 만큼 소름 끼치도록 군더더기 없는 스윙이 나왔다.

'이거야!!'

포핸드는 몸에 익으려면 아득하지만, 백핸드는 아니다. 영석은 신나서 외쳤다.

"아버지!! 공 다시 쳐줘요!!"

최근 들어 가장 아이다운(?) 모습을 보여준 영석의 태도에 랠리를 치던 부모님은 잠시 멈추고 카트를 질질 끌고 왔다.

"다시. 포로 주세요."

어이없다는 듯 피식 웃은 부친이 공을 쳐줬다.

느릿하게 넘어오는 공에 영석은 온 의식을 집중했다.

공이 센터라인에서 한 번 튕기고 베이스라인에 선 영석에게 온다.

어색하지만 사이드 스텝을 한 번 밟고 양손으로 라켓을 뒤로 쭉 뺀다. 그리고 이어지는 서너 번의 잔발 스텝, 이윽고 왼 다리를 한 시 방향으로 내딛는다. 공이 최적의 타점에 오르기까지 재빠르게 무게중심을 뒤에서 앞으로 이동시키는 과정이 필요하고, 그 무게중심이 이동하는 와중에 꼬였던 몸을 풀고 최적의 타이밍에 라켓을 공에 갖다 댄다.

밀면서 동시에 친다는 느낌. 임팩트 위치는 내디뎠던 왼 다리의 무릎과 같은 라인이 좋다. 공의 회전은 팔로우 스윙으로 자연히 따라온다.

펑!!!

촤악!

소름 끼치는 거대한 임팩트 소리가 공의 위력을 짐작케 했다. 그러나 공은 네트에 맹렬히 꼴아박혔다.

'내가 아직 신장이 작아서 그래.'

"다시 포로 주세요."

펑!!!

촤악!

다시 네트에 골인이다.

하지만 부친도, 영석도 신경 안 쓴다. 타구의 질이 훌륭하기 때문이다.

'타점을 높여볼까?'

펑!!

빨랫줄 같은 플랫성 볼이 네트를 넘어 반대편 코트의 베이스라인에 꽂혔다. 공이 살짝 코트를 비비며 묘하게 휘어진다.

'깔끔한 스핀이 아니야. 방금 건 요행성 스트로크다.'

펑! 펑!

강렬한 백핸드 스트로크가 계속해서 이어진다.

15분 정도가 지났을까, 카트에 담긴 공이 바닥이 나자 땀에 전 영석이 호흡을 고르며 말한다.

"금방 주워 올게요."

공을 치면, 친 사람이 주워 오는 건 당연한 매너다. 영석은 중얼거리며 공을 줍는다.

"타점과 상관없이 내 의도대로의 공을 치도록 하자. 오른손의 그립을 조금씩 바꿔 스핀을 달리 줘보자. 투 핸드 백핸드 스트로크의 생명은 다리. 스텝을 효율적으로 밟아야 해."

귀신 들려 보이는 영석의 기괴한 모습을 어른들은 멀뚱히 바라보고만 있다.

"이모, 노트랑 펜 있어요?"

"있지. 별장 안에 있을 거야. 갖다 줘?"

"네."

영애가 노트를 주자, 필기를 시작하던 영석은 흠칫하고 펜을 쥔 손을 봤다.

'왼팔로 포핸드를 치려면 힘도 물론이지만, 세밀한 근육의 단련도 중요해, 특히 손의 정밀도가 중요하다. 필기를 비롯해서 식사까지… 모든 생활에 왼손을 쓰는 버릇을 들이자.'

펜을 왼손에 쥐어 써봤지만, 글씨인지 그림인지 구분이 되질 않았다. 그래도 느릿느릿하지만 한 자씩 꾹꾹 눌러서 조금씩 필기를 한 영석은 눈을 빛냈다.

'이제 한 걸음이다. 조금씩 해나가자.'

*   *   *

그 뒤로도 두어 번 더 박스 볼을 치느라 지친 영석은 휴식을 취했고, 그사이 어른 넷이 복식 게임을 하고 있었다.

영석은 잘됐다 싶어 왼손으로 포핸드 스윙을 연습하며 경기를 지켜봤다.

"합!!"

부친인 이현우가 서브를 내리꽂았다.

187㎝의 큰 키에서 비롯되는 압도적인 플랫 서브(Flat serve : 가장 높은 곳에서 라켓의 평면으로 공을 강하게 내려치는 방법) 다. 결코 프로급의 서브라고는 할 수 없지만, 아마추어에선 훌륭한 편이다.

그리고 영애는 그 서브를 무려 라이징(Rising ball stroke : 바운드하여 튀어 오르는 볼을 치는 것)으로 리턴했다. 하지만 그 서브는 네트에 바짝 붙어 있던 모친, 한민지의 발리(Volley : 넘어오는 공을 바운드 없이 처리하는 기술의 총칭)에 맥없이 막히고 말았다. 무시무시한 속도로 짓쳐들어오던 공을 평상심을 유지하며 맞이하여 가볍게 죽인 것이다.

'이 양반들이 이 정도였나?'

아마추어에선 가히 최정점에 선 어른들의 실력에 영석은 내심 놀랐다.

폼을 보면 안다. 스텝, 스윙의 궤적, 시선 처리까지 봤을 때, 이들은 성인이 돼서 테니스를 시작했을 것이다. 몸 전체가 테니스에 녹아들지 않았다. 그런데도 이런 실력이라니……

"합!"

펑!

매치 포인트는 모친 한민지의 그라운드 스매시(Ground smash : 상대로부터 넘어와 바운드된 공을 머리 위쪽에서 강하게 내려치는 것. 바운드의 여부에 따라 일반적인 스매시와 구별된다)가 장식했다. 질 좋은 공과 코트, 그리고 실력이 있어야 가능한 기술이다.

기분 좋게 경기가 끝나고, 바비큐 파티와 담소 시간을 가진 일행은 곤히 잠들었다.

*   *   *

학교는 영석에게 지옥이다.

너무나 지루하고 괴로운 나날이 이어질 뿐이다. 수준에 맞는 수업도 지겨울 판인데, 이건 무슨 2000년대의 유치원 수준이다.

영석이 뭐라뭐라 재잘거리는 교사를 멍한 눈으로 바라본다. 왼손으로 끊임없이 낙서에 가까운 필기를 하고 오른손은 자그마한 고무공을 주무르고 있다.

'음, 그러고 보니 여기 테니스부가 있었나?'

창문 밖으로 시선을 돌렸다.

부유한 동네라 그런가, 운동장은 놀랍도록 휑했다.

테니스 코트는 무슨… 농구 골대도 없고, 축구 골대 두 개만 덩그러니 놓여 있다.

'면학이라 이거지.'

테니스를 하려면 어떡해야 할까. 선수가 되는 루트는? 전국 단위의 대회는 뭐가 있지?

아는 게 없다.

영석의 고민이 깊어진다.

"야, 이영석! 어떤 애가 너 찾아!"

교실 뒷문에서 누가 소리친다.

아직 이름도, 얼굴도 모르는 급우다.

아니, 영석은 학교의 사람들 중 그 누구의 이름도 외우지 않았다. 볼 때마다 지금 이 현실이 꿈같고, 하나의 사진처럼 느껴져서 그 위화감이 싫었던 것이다.

영석은 말없이 일어나 뒷문을 향했다.

"아, 안녕."

"……!!"

그때 그 소녀다.

고작 며칠이 지났을 뿐인데, 그새 자란 것 같다.

인사를 하며 수줍게 웃는 모습이 낯설다. 영석의 기억엔 영문 모를 표정으로 목이 부러져 죽었으니… 그야말로 일일신우일신이다.

이유 모를 감정이 울컥 올라와 가슴을 툭툭 계속해서 자극한다.

"몸은 괜찮아?"

영석은 충동적으로 소녀의 머리를 쓰다듬으며 안부를 물었다.

"응… 오, 오늘은 고맙다는 인사를 하려… 엄마가 그러라고 해서… 학교 끝나고 우리 집에 오래……."

영석의 행동에 놀랐는지, 나이답게 어눌한 말투다. 그 모습도 신기하다. 그리고 극도의 보호 본능이 생긴다.

"그래, 가자. 이따 내가 네 반에 갈게. 몇 반이야? 아참, 이름이 뭐였지?"

"5반. 1학년 5반 김진희."

"그래, 진희야. 수업 끝나고 갈게."

쓰다듬어 주던 손길이 거두어지자, 머뭇거리던 소녀가 손을 흔들고 다다다 뛰어갔다.

"다칠라!"

영석이 말하자 걸음을 천천히 옮기는 소녀다.

하교 후, 소녀의 집에서 융숭한 대접을 받은 영석은 터벅터벅 집으로 향했다. 걸음을 옮기며 영석은 생각했다.

'별일이 없는 한, 저 아이의 삶을 지켜보는 것도 큰 즐거움이겠어.'

오랜만에 싱글벙글 웃으며 집으로 왔다.

아무도 없었지만, 외로움이나 쓸쓸함은 없었다. 다시 삶의 기회를 얻었는데, 뭐가 불만일까.

차려놓은 밥과 견과류를 배불리 먹고, 우유를 듬뿍 마신 영석은 탁자 위에 노트를 펼치고 앉았다. 그리고 무심결에 현란하게 펜을 돌리던 왼손의 존재를 의식했다.

'어리다는 건 대단한 재능이야. 뭘 해도 가능하구나.'

고작 몇 주 만에 왼손이 이렇게 숙달되는데, 하물며 온몸은 어떨까. 끝에 금방 도달할지언정 어리다는 이 재능을 십분 발휘해 모든 능력을 개화하고 싶다고 영석은 생각했다.

"프로가 되는 방법… 이라……."

정신을 몰두하며 끊임없이 무언가를 끄적이는 영석의 그림자가 방에 길게 누웠다.

　　　*　　　　*　　　　*

　달칵.

"우리 왔다~!"

　조금은 지친 부모님의 목소리에 영석은 마중을 나가며 말했다.

"다녀오셨어요~ 식사는 하셨어요? 물 받아놨으니 씻으세요들."

　부모님은 입가에 고소를 띠었다.

　아마 영석의 변화가 시간이 흘러도 적응이 안 되는 탓일 것이다.

"그래그래."

　비교적 적응이 빠른 모친이 설렁설렁 대답하더니 불쑥 다가와 영석을 안아 올리고 볼에 뽀뽀를 퍼부었다.

"으......!"

　영석이 앓는 소리를 냈다.

　모친은,

"이것이 나의 즐거움!"

　이라며 짓궂게 웃었다.

"세으자 즈어언하, 쉰네가 씻고 왔습니다요."

꼬부랑거리는 말투로 다시 뽀뽀를 퍼붓는 모친에게 시달린 영석은 꼼지락대며 밀쳐내고는 말했다. 영석의 정신연령을 알면서도 가볍게 무시(?)하고 부모로서 누릴 즐거움은 누리겠다는 강력한 의사였지만, 할 말은 해야 했다.

"오늘은 부모님에게 꼭 말씀드리고 상의할 얘기가 있습니다."

"쳇."

부모님을 거실로 모시고 영석은 단정하게 서서 입을 뗐다.

"저 프로가 되고 싶습니다."

"테니스?? 이미 올림픽 2연패했다고 그러지 않았니?"

모친은 드물게 정색하고 가만히 영석의 눈을 관찰한다.

법을 다루는 이들답게 분위기가 진지해지자 영석은 저도 모르게 억눌리는 기분을 느꼈다. 하지만 이겨내야 했다.

"물론, 세계 제일의 자리는 늘 제 것이었습니다. 하지만 반쪽에 가까웠죠."

영석의 자괴감 어린 말에 모친이 반박한다.

"반쪽? 아니다. 어떤 입장에서, 어떤 분야에 뛰어들었든 최고는 최고다. 그걸 반쪽이라 폄하하는 사람은 없어."

"모두가 인정해도 저 스스로가 늘 아쉬웠습니다. 충족감이 없는 삶을 살았습니다. 이제 다시 기회가 생겼으니 도전하고 싶습니다."

"······."

영석의 웅변에 부모님은 잠시 침묵했다.

그리고 가만히 있던 어머니가 입을 열었다.

"그래, 잘 들었다 영석아. 그래서 우리가 뭘, 어떻게 해주면 좋겠느냐."

영석은 그 말에 슬쩍 눈치를 보더니 어렵게 입을 뗐다.

"제가 열여덟이 될 때까지 전폭적인 지원을 해주셨으면 좋겠습니다."

"그건 대부분의 부모들이 하는 거다."

그 말에 영석은 멈칫했다.

이제부터 자신이 말할 내용은 통상의 부모들은 절대 해주지 못할 조건들로 가득하기 때문이다.

"…우선!"

"……."

"실질적으로 우리나라 선수가 세계적으로 통할 프로가 되기엔 유무형적인 환경들로 인해 매우 어렵습니다."

"그건 우리도 안다. 그래서?"

부친이 말을 싹둑 잘랐다.

아마추어에서 거의 정점에 가까운 선수들이니 부모님도 아실 수 있겠다는 생각에 영석은 말을 이었다.

"우선, 영어가 급합니다. 문법이나 독해 따위는 필요 없고, 실질적인 회화를 할 수 있게끔 도울 선생이 필요합니다."

"선수로서 필요한 영어 회화 말이지?"

"네, 가급적이면 외국인이 좋습니다. 필리핀에 어학연수 가는 방법도 있지만, 제 나이가 어린지라…….”

“그리고?”

“초중고 생활을 하지 않겠습니다.”

“뭐?”

부모님의 눈가가 움찔한다.

“모두 검정고시로 패스하고 싶습니다. 시간이 너무 아까워요. 대학은 지금이라도 들어갈 수 있습니다. 그 시간을 온전히 저를 단련하는 데 쓰고 싶습니다.”

“음. 그건 안 된다.”

이야기가 술술 풀리나 싶었는데, 모처럼 아버지가 강경하게 반대에 나섰다.

어머니도 의외란 듯이 뻔히 쳐다보았다.

“그래, 이야기를 되짚어보자. 네가 서른둘이었다는 믿지 못할 말을 했었지?”

침착하면서도 온기가 없는 아버지의 말투에 영석이 살짝 놀랐다.

“네.”

“지금도 그건 믿기지 않지만, 일단은 네가 어른이라는 걸 전제로 이야기를 진행해 보자. 건조하게 들릴 수 있겠지만, 부모는 자식의 미래를 위해 투자를 한다. 그 투자는 돈뿐이 아니라, 우리의 인생도 포함하는 것이다. 그런 우리를 상대로 너는 투자를 이끌어내고자 하는 거고.”

"여보……."

어머니가 아버지의 팔을 붙잡으며 이야기를 막고자 했다. 하지만 아버지는 신경 쓰지 않고 영석을 똑바로 쳐다보았다.

"자, 투자를 받아야 하는 너는 우리에게 어떻게 해야 할까?"

"설득… 해야죠."

"무엇으로?"

"……."

영석이 아무 말을 하지 못했다.

아버지가 그런 영석을 보며 선고를 내렸다.

"네가 비상식적인 말을 하고, 해괴한 요구를 해도 우리는 들어줄 수밖에 없다. 부모고, 능력이 있으니까. 하지만!"

식탁에 손을 뻗어 물 잔을 들고 물을 한 모금 마신 아버지가 말을 이었다.

"네 인생, 우리의 인생을 건 큰 투자라면 너도 그렇고 우리도 그렇고 눈에 보이는 실적이 필요하다. 믿고 투자할 수 있는 실적 말이다. 정말 네가 국가 대표였고, 올림픽 2연패를 했다면 내 말이 무슨 뜻인지 알 것이다."

"…네, 알죠."

"이 얘기는 일단 보류하자. 생각을 정리할 시간이 필요하다고 생각되는구나."

어머니가 중재를 하며 영석에게 눈짓을 했다.

영석이 몸을 일으켜 부모님에게 꾸벅 인사하고 자신의 방으로 돌아갔다.

"여보……."

횡한 거실에 둘이 남게 되자 어머니가 아버지의 손을 꼭 붙잡았다.

덜덜 떨리는 손과 꽉 감은 두 눈이 혼란으로 가득하다.

"이걸 어쩐담……."

어머니의 나직한 걱정이 부모님의 심정을 대변하듯 쓸쓸히 맴돌았다.

* * *

'이걸 어쩌지…….'

영석은 교실 안 자신의 자리에 앉아 왼손으로 펜을 돌리며 상념에 빠졌다.

칠판에 빼곡하게 적힌 구구단을 보니 한숨이 절로 나왔다.

'이 시간에 천천히 조깅만 해도…….'

너무나 시간이 아까웠다.

"2×1은 2, 2×2는 4……."

병아리들처럼 삐약삐약 합창을 하는 아이들을 보니 더 짜증이 솟구쳤다.

'방법을 찾아야 돼…….'

수업이 끝나자 영석은 곧장 서점에 갔다.

"어서 오세요~"

"네~ 안녕하세요."

점원의 인사를 듣는 둥 마는 둥 대충 답변한 영석은 '전문 서적' 코너로 직행했다.

"스포츠, 스포츠⋯ 아, 여기군."

배드민턴, 축구, 야구 등 각종 스포츠 전문 서적이 즐비한 책장을 찾은 영석은 책등을 빠르게 훑으며 테니스를 찾았다. 그리고 마침내 찾았다. 책등에는『Improve your TENNIS — 상급자가 되는 길』이라는 제목이 보였다. 그 옆에는『상급자로 가는 핵심 테크닉』이라는 책이 있었다. 책장 한 칸에 테니스 관련 서적은 단 두 권뿐이었다. 마음이 급해진 영석은 책을 뽑으려고 했는데⋯ 손이 안 닿았다.

"저기요~"

안 그래도 꼬맹이가 신경 쓰였던 직원이 영석의 부름에 급히 다가왔다.

"뭐 찾니?"

"저거,『임프로브 유어 테니스』랑 그 옆의 책 좀 꺼내주세요."

직원이 별말 없이 책을 꺼내 영석의 손에 쥐여주었다.

"감사합니다."

영석은 책을 받자마자 표지를 살폈다.

'으, 구리다.'

흰 바탕에 어떤 외국인 선수의 서브 동작 하나만을 한가운

데에 박아놓고 끝인 표지였다.

'일단, 이거 사고……'

영석이 책을 안고 직원에게 물었다.

"잡지는 어딨어요?"

직원의 안내를 받고 잡지 코너에 간 영석은 마찬가지로 빠르게 테니스 잡지가 있는지 스캔했다.

'있군.'

잡지는 사실 볼 것도 없고, 도움이 될 것 같진 않았지만 혹시나 하는 마음에 사려는 거였다.

"계산할게요."

책을 툭 올려놓고 영석은 계산을 하려 했다.

'아뿔싸……'

아무리 찾아도 지갑이 없었다.

가방을 다급하게 뒤지던 영석은 그제야 깨달았다.

'지갑이 있을 리가.'

필요하면 언제든지 살 수 있었던 당연한 프로세스가 지금의 영석에겐 적용되지 않는다는 걸 잊고 있었다. 영석은 이런 점까지 모두 짜증 났다.

자신을 빤히 바라보는 직원의 시선이 느껴지자 짜증은 더욱 커졌다. 그때, 영석을 구원해 줄 목소리가 들려왔다.

"어머, 영석이 아니니?"

"영석아~"

목소리를 향해 고개를 돌린 영석은 진희와 진희의 모친을 발견했다. 문제집을 한가득 품에 안고 있는 모습이었다.

진희의 모친은 계산대 앞에서 허우적거리는 영석을 보고는 냉큼 다가와서 말했다.

"이것도 같이 계산해 주세요."

서점을 나와 영석은 연신 고개를 숙이며 감사를 표했다.

"감사합니다. 제가 내일 돌려 드릴게요."

영석이 어쩔 줄을 모르며 감사를 표시하자 진희의 모친이 영석의 머리를 쓰다듬으며 웃었다.

"감사는 무슨. 그래, 앞으로 우리 진희랑 친하게 지내주렴."

진희는 영석의 품에 안긴 책들을 뻔히 바라보다가 영석에게 물었다.

"테니스? 테니스가 뭐야?"

영석이 씨익 웃으며 진희의 머리를 쓰다듬었다.

"재밌는 거. 운동이야."

*   *   *

집에 돌아온 영석은 빠르게 책을 읽기 시작했다.

'포핸드, 원 핸드 백핸드, 투 핸드 백핸드, 서브, 발리, 스매시, 복식⋯⋯.'

선수들의 동작을 스틸 컷으로 늘어놓고 각 동작을 연구하는 내용이 주를 이루는 입문서였다.

영석은 손과 팔보다 선수들의 다리를 집중해서 봤다. 지금은 91년이라 예전처럼 유튜브를 통해 영상을 볼 수가 없는 시대다. 이런 식으로 '정상인'들이 어떻게 테니스를 치는지 연구할 수밖에 없다.

"헉!"

입문서를 다 보고 잡지를 꺼내 든 영석은 맨 뒤 페이지를 보고 경악을 금치 못했다.

—국민생활체육 동호인 남자 단식 랭킹

랭킹/성명/소속/총점

5 이현우 한국대OB 230

—국민생활체육 동호인 여자 단식 랭킹

4 한민지 한국대OB 180

6 최영애 한국대OB 175

"세상에……."

제법 잘한다고 생각은 했지만, 이 랭킹은 상상외였다.

보통 동호인에서도 상위권은 아주 어렸을 때 선수를 했거나 교육을 받아온 사람들이 차지하는 게 보통인데, 대학 시절부터 시작한 테니스로 이 정도 랭킹이라는 건 역시 범상치 않은 사람들임을 뜻하는 것이었다.

"그래!"

영석은 동호인 랭킹을 물끄러미 바라보다 묘책을 생각해 냈다.

*　　　*　　　*

다음 날.

여전히 학교는 지루하고 끔찍한 곳이었지만, 영석이 그토록 기다려 온 체육 시간이 찾아왔다.

언제 뽑혔는지 반장과 부반방이 주전자에 물을 가득 채워 운동장에 피구 코트를 그렸다.

체육 선생은 피구 공 하나를 던져주더니 계단에 앉아 하품만 쩍쩍 하며 아이들을 지켜보고 있었다.

'아주 인생 자체를 날로 먹는구먼.'

영석이 속으로 혀를 차며 체육 선생에게 다가가 말을 걸었다.

"선생님."

영석의 질문에 선생이 명백하게 귀찮다는 기색을 하며 답했다.

"응?"

그 태평함에 울컥 짜증이 솟았다.

'내가 이렇게 짜증을 잘 내는 사람이었나?'

하지만 부탁할 것이 있으니 최대한 공손하게 말했다.

"선생님, 테니스 아시죠?"

당연히 알 거다. 알아야 한다.

체육교육학과를 나왔다면 라켓을 잡아본 적은 있을 거다.

"테니스? 알지."

체육 선생의 눈에 이채가 번뜩 스쳐 간다. 어른들도 잘 모르는 종목을 아이가 물으니 신선했던 것이다.

"혹시 서울에서 국민학생 대상으로 한 대회 없나요?"

"뭐? 왜?"

호기심도 잠시, 영석의 질문에 대번 귀찮은 기색을 보이는 체육 선생이었다.

그럼에도 영석은 웃음을 지우지 않고 예쁘게 말을 이었다.

"부모님하고 제가 테니스 치는데, 부모님이 선생님한테 대회 있는지 물어보라고 하셔서요."

"부모님? 부모님이 무슨 일 하시는데?"

귀지를 파던 새끼손가락을 훅 불며 체육 선생이 심드렁하게 말했다.

"검사요."

영석의 이어진 말에 체육 선생이 움찔하는 게 영석의 눈에도 포착됐다. 그러나 모르는 척, 싱글벙글 웃는 표정을 유지했다.

"크흠, 이따 교무실로 와."

괜한 헛기침을 하며 차분한 척 목소리를 가다듬는 선생이 가소로웠지만, 영석은 기쁜 듯 톤을 높여 답했다.

"감사합니다!!"

*　　　*　　　*

"흐음……."

하굣길, 영석은 손에 들린 프린트물을 보고 생각에 빠졌다. 교무실에서 별것 아니라는 듯 툭 던져주었던 선생의 모습이 생각나서 웃겼다. 내용물은 대학 논문처럼 상세하게 작성한 주제에 말이다.

"그게 뭐야?"

어느새 영석 옆에 선 진희가 영석에게 물었다.

집도 가까운 편이고, 부모님끼리도 안면을 튼 이후로 등하교만큼은 같이 하게 됐다.

진희는 아이라 그런지 영석의 손을 꼭 붙잡고 있었다.

"응? 테니스 대회야."

영석이 프린트물에 시선을 고정한 채 대답했다.

"테니스? 아, 저번에 말한 운동?"

"응."

영석이 고개를 들어 진희의 머리를 쓰다듬어 주었다.

귀여워서 이제 볼 때마다 머리를 쓰다듬는 게 습관이 됐

다. 진희도 이제 익숙해졌는지 영석이 쓰다듬어 주면 고양이
처럼 기분 좋아 했다.

그렇게 하굣길에 진희와 잡담을 하며 집으로 돌아왔다.

'이길 수 있으려나?'

집에 와서도 영석의 고민은 계속됐다.

대회가 생각 외로 많이 열렸다. 아마 서울이라는 점이 한몫
했다고 본다.

대부분 학교 소속 테니스부 선수들이 많을 게 뻔한 대회들
이다. 말은 만 13세 미만이라고 적혀 있지만, 대부분 5, 6학년
들로 붐빌 것이다. 엄연히 실적이 있는 대회들이니 나름대로
사활을 걸고 참가할 것이다.

이제 초등학교에 입학했지만, 생년으로 따지면 자신은 일곱
살이다. 이 작은 몸으로 코트를 감당할 수 있을까? 괜한 걱정
에 얼마 전 서점에서 산 입문서를 펼쳐놓고 라켓을 휘둘러 본
다. 영석이 뛰어놀아도 될 정도로 큰 집이라 아무런 방해가
없었다.

*   *   *

"대회?"

저녁을 먹고 부모님과 마주 앉은 영석의 말에 부모님이 놀
란 듯 되물었다.

"네. 찾아보니까 많이 열리더라고요."

"신청할 순 있는 거냐?"

"선생님한테 부탁해서 신청해 달라고 해야죠."

"그래? 언제 하는데?"

"마침 이번 주 토요일에 열리더라고요. 같이 가요."

부모님은 영석의 담담한 태도에 어깨를 으쓱했다.

"그래, 내일 학교에 전화하마."

"네. 아참, 진희네도 초대해서 같이 가는 건 어때요?"

"그래, 알았다."

얼마 전에 회심의(?) 포부 발표가 덧없이 찌그러진 후 영석과 부모님은 서로 어떻게 대화를 나누어야 할지 몰랐다. 그래서 이렇게 건조한 대화가 이루어졌다. 괜히 어색해져서 아버지는 티비를 켜고 누웠다. 어머니는 영석을 안아 올려 방으로 데려갔다.

"우리 아들. 귀여운 내 아들."

하며 뽀뽀를 퍼붓고는 영석을 내려놓고 말했다.

"엄만 아들 말 믿어. 이번 대회에서 아빠한테도 멋진 모습 보여줘 봐. 엄마가 설득해 볼게."

영석은 그 말에 자그마하게 웃었다.

"네. 보여 드릴게요."

주말이 다가왔다.

"대회 장소는 어디예요?"

진희의 모친이 영석의 어머니에게 물었다.

"올림픽 경기장이니까… 여기서 삼십 분이면 갈 거예요. 길은 저이와 제가 아니까 바로 뒤따라오시면 될 거예요."

진희는 테니스가 뭔지도 모르면서 소풍을 맞이한 아이처럼 마냥 신났다.

"재밌겠다~~!"

영석은 조용히 웃고는 영애가 선물해 준 가방에 라켓과 테니스화를 넣고는 차에 올랐다.

자신이 어디까지 이길지 모르겠으나, 일단은 부딪쳐 보고 그 후에 가늠해 보는 게 속이 편했다.

고급스러운 빌라 단지 입구를 벤츠와 아우디 중형 세단이 일말의 소음 없이 조용히 빠져나왔다.

"우와……."

차에서 내린 진희가 압도적인 경기장의 위용에 탄성을 내질렀다.

'오랜만이군……'

영석에겐 제2의 고향이랄까, 수백 번도 넘게 왔던 곳이다. 그럼에도 휠체어를 끌고 온 게 아닌, 두 다리로 굳건히 서서 경기장을 바라보고 있으니 감회가 새로웠다.

테니스 경기장은 비효율의 극치를 보인다.

고작 테니스 코트 한 면을 보기 위해 관람석이 계단식으로 빙 둘러싸고 있었고, 그런 식으로 경기 코트 몇 개만 있으면 금방 부지(敷地)는 부족해진다. 그럼에도 불구하고 세계적으로 축구만큼이나 인기가 있다고 하니 알 수 없는 노릇이다.

"여기는 결승전 코트고, 예선은 저기서 한다."

아버지가 자연스럽게 일행을 이끌었다.

얼굴이 벌겋게 상기된 걸 보니 제법 긴장되는 것처럼 보였다. 어머니가 쿡 웃으며 영석의 손을 잡고 뒤따랐다. 진희네도 길을 모르니 별말 없이 영석네를 따라갔다.

"여기다."

아버지가 이끈 곳은 예선이 진행되는 곳으로, 코트 10면이 쭉 늘어진 곳이다.

이미 그곳은 먼저 도착해 있는 학생들과, 학부모, 그리고 교직원들로 소란스러웠다. 모두 초등학교 고학년인지 영석만큼 어린 아이는 몇 명 보이지 않았다.

"대회는 여기서 준결승까지 진행된다."

아버지가 술술 대회 규칙을 읊었다.

"32명이 신청했으니, 오전에 빠르게 8강까지 진행하고, 점심 식사를 한다. 그 후에 2시부터 준결승까지 여기서 치르고, 오후 5시에 결승전을 아까 그 코트에서 치른다. 많이 힘들 거야."

그 말에 영석이 물었다.

"경기 규칙은요?"

"준결승까지는 3세트다. 결승도 3세트다. 하루에 다 진행되는 만큼, 세트 수는 적어. 체력을 아끼려면 무조건 1, 2세트 연달아 이겨서 빨리 넘어가는 게 좋다. 아참, 오전의 경기는 셀프 저지(Self judge : 심판 없이 경기의 진행을 선수 당사자들의 몫으로 남기는 것)니까 이거 주의하고. 내 말 무슨 말인지 알겠지?"

아버지가 시험하듯 영석의 눈을 빤히 보며 말했다.

영석은 빙긋 웃으며 의혹을 날렸다.

"물론이죠."

*　　　*　　　*

"잘하고 와~"

진희가 김밥을 입에 욱여넣고 배시시 웃으며 영석을 배웅했다.

'첫 시합이군.'

영석은 식은땀이 등골을 훑는 감각을 느꼈다.

아직 왼손 포핸드는 완성되지 않았고, 전반적으로 몸에 테니스가 녹아들지 않았다.

가진 무기가 없으니 발가벗고 전쟁터에 나서는 기분이다. 코트도 굉장히 넓게 느껴져 상대편이 잘 보이지 않을 지경이었다.

'언제 이런 감각을 느껴봤지?'

전생에서는 이기는 게 당연했다. 하지만 지금은 아니다. 새롭게 시작하는 만큼 마음을 다잡아야 했다.

적당히 몸을 풀고 나자 시합은 시작됐다.

영석은 영애에게 받은 주니어 라켓을 휙휙 휘두르며 코트에 들어갔다.

삐익—

호루라기 소리가 울리자 모든 선수가 우르르 각자의 네트 앞까지 걸어왔다.

영석의 상대방은 역시나 고학년이었는지, 키가 160㎝는 훌쩍 넘어 보였다. 이제 130㎝ 조금 넘는 영석에게 상대방은 어른과 같게 느껴졌다. 상대 선수도 그런 차이를 느꼈는지 피식 웃었다. 그리고 영석의 라켓을 보고 한심하다는 듯 비웃었다.

"애기네, 애기."

영석은 반대로 그 반응이 너무 귀여웠다.

"닥치고 시합이나 잘하자, 응?"

"뭐?"

—선수들은 악수를 하십시오.

스피커에서 음성이 흘러나왔다.

시합을 하기 전 상대방과 악수를 나누는 것은 테니스의 관례다.

그러나 상대 선수는 내민 영석의 손을 후려치려고 했다.

"이크, 애기네, 애기."

냉큼 손을 뺀 영석이 약 올리듯 말했다.

"서브는 너부터 해."

그리고는 베이스라인으로 유유히 걸어갔다.

상대 선수는 그런 영석의 등을 끝까지 노려보곤 자신도 베이스라인으로 갔다.

한편, 자리로 돌아온 영석은 통통 몸을 뛰며 다리를 점검했다. 진희를 구한 이후로 다리는 아무런 문제를 일으키지 않고 있었다. 오히려 너무 가볍게 느껴져서 무서울 지경이었다.

'문제는 스트로크인데……'

왼손이 생각만큼 익숙해지지 않았다.

백핸드는 투 핸드이니 문제가 없지만, 포핸드는 문제였다.

삐익—

—시합 시작

스피커에서 시합 시작을 알렸고, 관중석에선 힘내라는 목소리가 들려왔다.

'시합 시작… 이군.'

침을 꿀꺽 삼킨 영석이 듀스 코트(Deuce court : 테니스에서 오른쪽 서브를 하는 코트. 점수가 듀스 상황일 때 이 코트에서 서브를 하기 때문에 듀스 코트라고 불리곤 한다)에 자리를 잡고 리턴(Return : 서브를 받아치는 동작, 행위) 준비를 했다.

엄청난 긴장감이 온몸을 옥죄어오며 심장박동이 빨라지기 시작했다. 패럴림픽 결승전에 맞먹는 긴장감을 느끼며 영석은 상대 선수를 뚫어지게 쳐다봤다.

아까의 농담 따먹기(?)가 꽤나 약 올랐는지 분한 기색이 역력했다.

이윽고, 토스를 높게 한 상대 선수는 강렬한 플랫 서브를 날렸다.

펑!

'응?'

영석은 깜짝 놀랐다.

잔뜩 긴장했었는데 와이드(Wide : 코트 바깥으로 빠지는 코스)로 평범하게 빠지는 서브는 느릿느릿하게 보였다. 얼마나 느렸는지 형광색 솜털이 다 보였다. 이상한 건 상대 선수는 꽤나 잘 들어갔다는 듯 만족한 표정이었다.

'표정? 표정이 보이나? 저렇게 먼데?'

타닥.

짧은 혼란과 상관없이 영석은 몸을 움직였다.

멀리 갈 것도 없고, 빠르게 반응할 필요도 없다. 듀스 코트에서 와이드로 빠지는 서브라면 왼손잡이인 영석에겐 백핸드로 리턴(Return : 서브 되받아치는 행동)할 수 있는 위치였다.

가볍게 몸을 띄우고 몇 걸음 스텝을 밟아 강렬하게 리턴했다.

쾅!

순간 경기장의 모든 사람들이 영석의 코트를 주목했다. 너무나 통렬한 타구음에 반사적으로 반응하게 된 것이다.

상대 선수는 반응하지도 못하고 리턴 에이스를 당했다. 영석은 변성기가 오지 않은 가녀린 톤으로 소리 높여 외쳤다.

"러브 피프틴!"

"…러브 피프틴."

상대방이 아주 조용하게 중얼거리는 걸 한 귀로 흘렸다.

기뻤다.

7살의 몸으로 돌아온 후 처음으로 스코어를 따낸 것이기 때문에 영석은 매우 기뻤다. 내심 소리라도 지르고 싶은 심정이다. 그래도 마음을 추스르고 종종걸음으로 어드밴티지 코트(Advantage court : 테니스에서 왼쪽 서비스 코트를 말한다. 애드 코트라고 줄여 말하기도 한다)로 향했다.

펑.

다시 상대방이 토스를 하며 서브를 날렸다.

영석의 백핸드를 의식했는지 애드 코트에서도 와이드로 공을 쳤다. 이렇게 되면 왼손잡이인 영석은 포핸드로 리턴을 해야 했다.

팡!

영석의 포핸드 리턴이 앙증맞게 작렬(?)하자 내심 두근거리며 영석을 지켜보았던 경기장의 모든 사람들이 한숨을 쉬고 시선을 거두었다. 그건 상대방도 마찬가지였는지, 씨익 웃으며 둥실 넘어온 영석의 리턴을 오픈 스페이스(Open space : 빈 공간)로 찔렀다.

펑!

'포핸드는 참······.'

영석은 내심 한숨을 지었다.

이렇게 약점이 명확할 줄이야. 그래도 따라가는 시늉이라도 해야 했다. 1포인트 1포인트는 테니스에서 매우 작은 것처럼 느껴지지만, 당연하게도 굉장히 중요했다. 상대방이 기세를 올리려는 지금이라면 더더욱.

타다다다.

못 칠 거란 사실은 영석도 안다. 그럼에도 다리는 최선을 다해서 공을 쫓았다.

'어?'

몇 발자국을 옮겼을까, 영석은 기이한 감각을 느꼈다.

무아지경으로 진희를 구할 때같이 다리가 이질감이 들 정도로 가벼웠다. 물속에서 수영을 못 하는 사람이 부질없이 발을 휙휙 젓는 것처럼 이상한 감각이었는데, 신기하게도 속도는 빨랐다.

'칠 수 있다.'

애드 코트(왼쪽)에서 리턴을 했던 영석의 오픈 스페이스는 듀스 코트(오른쪽)였으니, 당연하게도 그 공은 백핸드로 처리해야 했다.

쾅!

"우와!!!"

결코 아이들의 경기에서 나올 수 없는 장면이 나왔다.

관중들은 감탄하며 영석을 봤다.

영석이 달려가는 기세 그대로 팔을 휙 휘둘러 러닝 백핸드를 작렬한 것이다. 러닝 샷은 몸을 멈추지 않고 움직이면서 치는 걸 뜻하는데, 굉장한 균형 감각을 필요로 한다.

영석은 공을 넘기고 기우뚱거리며 땅에 쓰러질 뻔했지만, 믿을 수 없는 균형 감각으로 몸을 세우고 발을 멈췄다. 공은 이번에도 상대 선수가 절대 받을 수 없는 속도로 뻗어 나갔다.

"러브 서티!"

이번에도 영석이 높게 소리쳤다.

'신난다.'

상대방이 멍하니 있든 말든 몸을 움직여 발목을 살살 돌려보는 영석은 엄청난 고양감에 어쩔 줄을 몰라 했다.

'생각대로 다 되는구나.'

이 감각이 운동선수에게 얼마나 짜릿한 것인지 잘 아는 영석은 더욱 기뻤다.

다리를 이렇게나 빨리 움직여 받아낼 수 있다니. 부모님에게 설득하는 건 문제가 아니다. 이 감각 자체를 즐기고 싶다는 욕구가 불 번지듯 타올랐다.

톡.

이번엔 발리를 해봤다.

발리만큼은 전생의 노하우를 발휘할 수 없었기 때문에 긴

가민가했지만, 의욕을 잃은 상대방을 상대론 충분했다.

그렇게 한 게임이 끝났다. 스코어는 1 : 0으로 영석이 앞서고 있다. 6게임을 먼저 선취해야 한 세트를 가져가는 것이니 아직 해볼 것들은 많았다.

퐁!

'아이고, 발리만큼이나 서브도 잼병이군.'

스트로크 외에는 어느 것 하나 휠체어를 타던 영석이 능숙할 수 있는 게 없었다.

'그래도……'

'받아야 된다'고 생각을 하자마자 영석의 다리는 무지막지한 스피드를 보이며 공을 받아내게끔 도왔다. 그렇게 몇 구 받아내다가 찬스가 오면 백핸드로 마무리했다. 엄청 뛰어다녔지만, 다리는 아직도 깃털 같았다.

쾅!

"피프틴 러……."

"아웃!"

영석이 여느 때처럼 스코어를 외치려고 하는데, 상대 선수가 손을 번쩍 들며 아웃이라고 콜했다.

'아웃? 선에 걸쳤는데?'

영석은 고개를 갸우뚱했다. 관중석도 그건 마찬가지였다. 너무나 작은 아이가 신기 들린 듯 뛰어다니는 모습이 퍽 신기해서 모두 집중하고 있던 참이었다. 모두가 명백히 인이라고 판정하고 있는데 상대 선수는 아웃이라고 외친 것이다.

물론, 상대 선수가 정말로 아웃이라고 봤다면 어쩔 수 없는 일이긴 하다.

'셀프 저지라 이건가……'

셀프 저지를 13세 미만의 아동들에게 시킨 취지야 뻔하다.

스스로의 양심과 마주 보며 윤리 의식을 고취시키자는 것이다. 테니스 선수로서 평생을 살아가려면 판정과의 갈등은 피할 수 없는 일이다. '귀족 스포츠'라는 인식이 팽배한 테니스는 그만큼 깨끗하고 윤리적인 인간을 양성하기 위해 노력한다.

여기서 이의를 제기하고 양 선수 간의 합의를 통해 이 포인트를 다시 진행할 수도 있다. 하지만 영석은 그만뒀다. 영석이 별말 없이 있자 비열하게 씨익 웃은 상대 선수는 기세를 올렸다. 결코 아이라 할 수 없는, 아니 오히려 아이이기 때문에 보일 수 있는 순수한 악의(惡意)였다.

"하……."

'애새끼가… 벌써 악용을 해?'

그 장면을 본 영석은 눈이 돌아갔다. 부글부글 속이 끓었다.

자신이 벽돌을 맞고 죽었을 때도, 범인은 저런 아이였을 거다.

잠자리를 잡아 날개를 뜯고 머리를 뜯어내는 것처럼 사람을 맞혔다는 기쁨에 환호했을 거다.

그냥 잠자코 넘어갈 수도 있는 비열한 행동이 해일이 되어 영석을 잠식했다.

펑!

마침 애드 코트(왼쪽)에서 영석이 리턴할 차례였다.

상대 선수는 영석의 포핸드가 약하다는 걸 알고, 서브를 하자마자 네트로 달려왔다.

'서브&발리냐.'

분명 유효한 작전이다. 라켓 그립을 쥐며 네트로 다가오는 모습을 보면 제대로 배웠다는 티가 났다. 그래서 더욱 화가 났다.

영석은 집중했다.

벌써 한 세트를 겪으며 포핸드도 많이 연습할 수 있었다.

펑!

노리는 곳은 머리였다.

"윽."

상대 선수는 머리로 공이 날아오자 순간적으로 몸이 굳었고, 공을 제대로 처리하지 못했다.

통.

매가리 없이 공이 영석에게 다시 넘어오자 영석은 눈을 빛냈다.

'혼 좀 나라지.'

다소의 악의를 담아 드라이브 발리(Drive volley : 테니스에서 포핸드 드라이브를 치는 것처럼 하는 발리를 말한다)를 후려갈 겼다.

펙!

공이 매섭게 날아가 멍청하게 서 있는 상대 선수에게 날아 갔다.

"으악!!"

외마디 비명을 지른 상대방은 라켓으로 얼굴을 가렸다. 운 이 좋게도 라켓에 맞은 공이 다시 영석에게 넘어왔다. 여기까 진 테니스를 배웠다면 누구나 반응할 수 있을 정도다.

"큭큭."

차갑게 빛나는 눈을 한 영석을 바라본 상대 선수는 그제야 아이답게 공포에 떨었다.

쾅!

"아악!"

외마디 비명과 함께 상대 선수는 몸을 웅크리며 벌벌 떨었다. 그러나 공은 멀찍이 비어 있는 곳에 강렬하게 꽂혔을 뿐이다.

'쯧.'

아무리 눈이 돌아갈 정도로 화난 영석이라도 저항할 수 없 는 아이에게는 공을 맞히진 못했다.

그러기엔 너무나 선수 생활을 오래 했다.

"휴우……."

몇몇 코트로 뛰어들 준비를 하고 있던 관계자들이 한숨을 내쉬었다.

코트에서 벌어지는 갈등은 너무나 적나라해서 모를 수가 없었기 때문이다.

펑!

"게임 셋!"

영석이 소리쳤다. 시합은 6 : 0, 6 : 0으로 총 2세트를 먼저 선취한 영석의 승리였다.

영석은 담담하게 네트 앞으로 걸어갔다. 상대 선수는 스매 시를 겪은 이후로 터덜터덜 의미 없이 코트를 걸어 다녔을 뿐 이다.

"다음부터 그러지 마."

힘없이 다가온 상대 선수를 보니 키만 컸지 나이답게 아직 아이처럼 보였다.

그런 아이를 보니 불같이 화났던 아까의 자신이 떠올라 머 쓱해진 영석이 조그맣게 속삭이자 갑자기 상대 선수가 라켓 을 휘둘렀다.

후웅! 탁!

영석이 얼떨결에 자신의 라켓을 들어 간신히 막아냈다.

상대 선수는 눈물을 흘리며 씩씩거렸다.

"개새끼……."

아무리 경험이 많은 영석이라도 이번에는 심장이 멎을 만 큼 놀랐다.

"뭐 하는 거야!!"

그때였다. 쩌렁쩌렁 코트장을 울린 목소리가 들리며 한 청년이 무지막지한 속도로 달려와 상대 선수를 후려 찼다.

"……?!"

영석이 놀라거나 말거나 그 청년은 쓰러진 아이를 다시 일으켜 뺨을 후려쳤다.

짝!!

"누가 그렇게 가르쳤어?! 어?! 이 새끼 이거……"

"그만하시죠. 보는 눈도 많은데……"

어느새 다가온 영석의 아버지가 청년을 말렸다.

그러자 눈물을 줄줄 흘리며 축 늘어진 상대 선수를 쥐고 흔들던 청년이 영석과 영석의 아버지에게 고개를 숙이며 말했다.

"죄송합니다. 정말 죄송합니다. 제가 잘못 가르쳐서 그럽니다. 저를 꾸짖어주십시오."

"일단 코트에서 나옵시다. 나와서 얘기합시다, 손태양 선수."

아버지가 나지막이 청년을 부르자 청년이 고개를 번쩍 들었다.

"알겠습니다. 따라와, 이놈!"

그제야 영석은 한숨을 내쉬었다.

정말 많은 일들이 일어난 1회전이었다.

*   *   *

"그 아이가 작년에 5학년으로 참가해서 우승했었다는구나."

어머니가 꼭 안고 땀을 닦아주고 있어서 꼼짝도 못 하고 있던 영석에게 아버지가 다가와서 말했다.

"그래요?"

영석이 심드렁하게 되물었다.

근성이 썩은 놈이다. 라켓을 상대방에게 휘두르다니. 어디서도 들어보지 못한 최악의 악행이다.

"그 아저씬 누구예요?"

영석이 관심을 다른 데로 돌렸다.

충격이었다. 아무리 91년이라도 그렇지, 가르치는 학생을 그렇게 무자비하게 패는 모습은 놀랍기 그지없었다.

"얼마 전에 은퇴한 실업 선수다. 3년 전부터 모교에서 코치 겸 감독을 하고 있다는구나. 아참, 다친 덴 없니?"

아버지가 묻자 어머니가 새초롬하게 답했다.

"그것부터 물어봐야 하는 거 아니야? 도대체가 정신이 어딨는지……."

어머니의 타박에 아버지는 아무 말도 하지 못했다. 영석이 가만히 어머니의 손을 잡고 진정시켰다.

"나 괜찮아요. 근데… 라켓이 망가졌네."

놈이 어찌나 세게 휘둘렀는지 영석의 라켓이 우그러졌다. 주니어용 라켓이라 내구성이 약했던 것이다.

"이모가 사준 건데… 이제 한 자루 남았네."

영석이 가방에서 다른 라켓을 꺼내 스트링을 점검했다.

엄지로 꾹꾹 눌러보기도 하고, 손바닥으로 툭툭 치며 장력(張力)을 테스트했다.

그 모습을 멍하니 바라보는 영석의 부모님은 마음속으로 인정할 수밖에 없었다.

영석이 전에 말했던 믿지 못할 이야기를 말이다.

*   *   *

그 후에 진행된 시합은 너무나 싱겁게 끝났다.

지치지도 않는지 영석은 모자란 부분을 다리로 커버하며 종횡무진 코트를 누볐고, 무실 세트로 우승을 차지하게 됐다.

'애들은 원래 이렇게 못하는구나.'

심드렁했다. 5학년이고 6학년이고 너무 못했다.

그나마 1회전에 붙었던 상대가 가장 잘했다. 그 외에는 별다른 실력자가 없었다.

(서울 강동&강남 국민학교 대항전)

생긴 지 5년도 안 됐지만, 역대 우승한 학생 중에 영석이 가장 어렸다.

영석은 도금된 금메달을 받자 더더욱 심드렁해졌다.

'시합을 더 하고 싶은데……'

영석의 심드렁함과는 상관없이 주변 어른들은 난리 법석을 떨었다.

영석의 부모님도 어이없다는 듯 손쉽게 우승한 영석을 바라봤고, 진희네 부모님도 감탄한 눈치였다. 진희는 '우왕, 영석이 멋있어!'라며 연신 눈을 반짝였다.

시상대에서 내려온 영석이 짐을 챙겨 부모님과 경기장을 빠져나가려는 그때, 한 남자가 불쑥 다가와 말을 걸었다.

"저… 바쁘신 와중에 죄송합니다. 전 〈테니스코리아 매거진〉의 기자 박정훈입니다. 실례가 안 된다면 인터뷰 가능할까요?"

"인터뷰요?"

영석이 화들짝 놀랐다.

얼마 전에 서점에서 산 그 잡지였다.

대한민국에 단 하나만 남은 테니스 잡지사였다.

"많이 길지 않다면 괜찮습니다."

당연히 이 잡지가 어떤 잡지인지 아는 영석의 부모님은 냉큼 수락했다.

영석도 고개를 끄덕였다. 이 잡지는 절반은 해외 소식, 절반은 국내 소식으로 콘텐츠를 잡는데, 국내 소식의 절반은 동호인들을 소개할 만큼 대한민국의 테니스 전반을 두루 살펴보는 역할을 했다.

"그럼 우선 사진부터 찍겠습니다."

"그럼 가족사진으로 찍어주세요."

영석이 불쑥 말했다. 그 요구에 잠시 멈칫한 기자가 오케이하자 영석과 부모님은 어색한 표정으로 붙어서 사진을 찍었다.

"네, 됐습니다."

몇 번을 찍었던 기자가 오케이를 내리자 긴장이 풀린 가족은 한숨을 내쉬고 관중석에 앉았다.

노트를 든 기자는 그때부터 본격적인 인터뷰를 시작했다.

"이름이… 영석 군이죠? 이영석 군."

"네."

"우선 우승 축하드립니다."

"감사합니다."

계속된 단답에 잠시 난처한 기색을 보인 기자는 이내 폭풍같이 질문을 쏟아냈다. 기사야 자신이 쓰는 거니 문제없다.

"테니스는 언제부터 쳤죠?"

그 질문에 영석은 잠시 대답을 못 했다. 실은 20년도 넘는데 이걸 어찌해야 할지 고민이었다. 하지만…….

"올해 시작했습니다."

라며 뻔뻔하게 답했다. 어쩔 수 없는 노릇이다.

"아, 그래요? 굉장하네요. 어떻게 시작하게 됐나요?"

"부모님이 가르쳐 주셨어요. 아빠는 동호인 랭킹 5위고, 엄마는 8위라 자연스럽게 배웠어요."

영석의 말에 묻던 기자도, 영석의 부모도 모두 놀랐다. 기자는 가방을 뒤적거리더니 잡지 하나를 꺼내서 맨 뒤 페이지를 펼치더니 말했다.

"그럼 부모님 성함이 이현우 씨랑 한민지 씨 맞나요?"

"네."

"그럼 부모님도 인터뷰해야겠네요. 일단 영석 군 인터뷰를 다 끝내고. 하하."

너털웃음을 지은 기자가 다시 물었다.

"테니스는 재밌나요?"

'뭐지, 잡지 인터뷰가 원래 이런가? 앞으로의 포부, 경기 결과 이런 거 물어야 하는 거 아닌가.'

영석은 유치하게 느껴지는 질문에 아리송했지만, 그건 영석의 착각이었다. 아이들을 취재하는 것인 만큼 이런 질문은 당연했다.

"당연히 재밌죠. 앞으로도 계속하고 싶어요."

영석의 대답에 고개를 주억거린 기자는 한참을 노트에 뭘 쓰다가 다시 물었다.

"마지막 질문입니다. 어떤 선수가 되고 싶나요?"

"음, 다 잘하는 선수가 되고 싶어요."

잠시 고민해 봤지만, 어떤 스타일의 선수가 되고 싶은지에 대한 질문도 아니었고, 너무나 막연한 질문이어서 영석은 단순하게 답했다.

"우문에 현답이군요, 하하……."

기자는 웃어넘기고는 영석의 사진을 몇 장 더 찍었다. 라켓을 들고 있는 모습, 금메달을 들며 웃고 있으라는 둥 조금 귀찮았지만 성실히 임했다.

기자는 영석의 사진을 찍고는 부모님에게 쪼르르 달려가 여러 가지를 묻고 있었다. 그 모습을 물끄러미 보고 있는 영석에게 진희가 다가와서 방방 뛰며 말했다.

"멋있어!! 영석이 멋있어!!"

"고마워."

영석이 진희를 꼭 안으며 답했다.

이 아이를 구한 이후로 다리가 잘 움직였다는 걸 생각해 보면 이 아이도 은인(恩人)과 다름없었다.

"우웅!"

답답했는지 진희가 영석의 품에서 벗어나며 말했다.

"나도 테니스 할래!"

"뭐?"

영석과 진희의 부모님 모두 놀라서 진희를 멍하니 바라봤다.

"할래! 엄마! 나도 사줘! 테니스 사줘!"

진희가 모친에게 쪼르르 달려가 떼를 썼다.

기자는 어느새 인터뷰를 끝냈는지 영석에게 다가와 말했다.

"다음 달 잡지에 기사를 실을 거야. 집에 보내줄 테니 읽어 보렴. 나중에 또 보자꾸나."

그러고는 바람같이 사라졌다.

그날 영석네와 진희네는 거하게 갈비를 뜯으며 우승 축하 파티를 열었다.

＊　　　＊　　　＊

"얘기를 다시 해야겠구나."

우승 후, 다음 날 일요일 오전이 됐다.

아버지가 영석을 앉혀놓고 입을 열었다. 얼마 전의 얘기를 이어갈 심산이다.

어머니도 조심스럽게 아버지의 옆에 앉았다. 어머니는 평소에는 괄괄하지만, 중요한 일에는 신중하고 사려 깊게 아버지를 존중했다.

탁.

아버지가 탁자에 뭔가를 내려놨다.

'명함?'

영석이 눈으로 묻자 아버지가 답했다.

"시합이 있던 날, 손태양 선수랑 얘기하고 있었는데, 국민학교 감독들이 모두 명함 하나씩 주고 갔다. 전학 와달라고."

"그랬어?"

어머니가 신기한 듯 명함을 들고 하나하나 살펴봤다.

"이쯤 되면 네 말이 아예 허언은 아니라고 인정하지 않을 수가 없구나."

"그럼 그때의 얘기를 이어나가도 될까요?"

"그래."

영석은 바로 입을 열었다.

"학교생활 안 할 겁니다."

그 말에 아버지가 침음을 흘리며 중얼거렸다.

"음. 그러면 우리 집은 그 흔한 졸업사진 하나 없게 되겠구나."

"대신 각종 메이저 대회의 트로피들을 두고 가족사진을 찍게 될 겁니다. 꼭."

"……."

영석의 단호한 말에 부모님은 당황한 기색이 역력했다.

사실 딱히 자신들이 한국 최고의 엘리트 코스를 밟았다는 이유로 영석의 당돌한 요구에 이토록 거부감을 느꼈던 건 아니다.

아들의 말이 정말이라면, 세계 정상을 밟았었고, 또다시 도전한다는 아들의 웅지가 대단했다. 그에 비하면 한국의 일류 대학 따위야 빛바랜 명패일 뿐이다. 좁은 물의 1%를 노리고 아웅다웅하는 것과 세계 정상을 노리는 것은 급이 다르다. 다만, 남들은 평생 겪지 못할 자식과의 이런 대담 자체가 낯설 뿐이다.

"또 있니?"

모친이 물었다.

"플로리다. 플로리다를 적어도 일 년에 한 번씩 가야 합니다."

"미국?"

"네. 세계에서 가장 체계적인 시스템을 갖춘 선수 육성 기관이 있다고 알고 있습니다."

"금시초문이구나. 10년이 넘도록 테니스를 해왔지만, 한 번도 들어본 적이 없는데……. 영석이 넌 어떻게 알고 있지? … 아! 전생에서 알고 있던 것이구나."

잠시 말을 끊고 앞에 놓인 차를 한 모금 마신 부친이 다시 입을 열었다.

"하지만, 그렇다고 네가 알던 세상의 것들이 과연 1991년인 지금도 통용될까?"

"……."

부친이 중얼거리며 요점을 짚어내자 영석은 움찔했다.

확실히 지금은 인터넷에 들어가서 검색 몇 번하면 모든 걸 알려주는 시대가 아니다. 정보의 오류 및 괴리는 영석도 걱정하던 바였다.

"음. 그건 우리가 알아봐 줄 수 있다. 어떻게든 되겠지."

"정리해 보자."

모친이 날카로운 눈을 치켜뜨며 말한다.

"학창 시절을 온전히 영석이, 너의 시간으로 활용하고 싶다고… 그 말은 초중고의 테니스부는 과감히 넘긴다? 하긴, 감독들이 할 수 있는 거라고 해봐야 대학 입시 연줄밖에 더 있어? 그래, 그건 영석이 네 뜻이 맞다. 각종 대회 입상 경력은? 하긴… 그것도 필요 없지. ATP250짜리 대회만도 못한 대회라고 해봐야 실업팀에 들어가는 거에나 도움이 되지. 음… 그래. 나머지는 그렇다 쳐도 우선 집중해야 될 건 학창 시절을 네 나름의 방식으로 보낸다는 사실이겠구나."

"네."

"음……."

이마에 주름을 잡고 골똘히 생각에 빠진 부모님을 보는 영석의 몸이 사시나무 떨리듯 떨린다. 두렵거나 부담이 돼서가 아니다. 대회 이후엔 얘기가 통해서이다. 사고방식이 열려 있고 광대한 영역에서의 사유를 행한다. 실적을 보여준다고 바로 이렇게 사고를 전환하기란 쉽지 않았다. 이런 부모님을 만난 건 인생 최고의 복이라는 생각을 하는 영석이다.

"알았다. 우선 우리가 상의한 다음 네게 말해주마. 늦었는데 어서 자거라."

"네."

영석이 방으로 들어간 지 한참 후에도 거실의 불은 꺼질 줄을 몰랐다.

Chapter 4
Ready

부모님의 승낙이 떨어졌다.

출근길을 배웅하는 영석의 입이 함박웃음을 짓고 있다. 자퇴하는 데에 어떤 절차가 있는지 등 그런 부가적인 것들은 부모님이 처리해 주신다고 하셨다.

'초등학교는 의무교육 아니었나? 가능한가?'

안 될 건 없지 싶다.

언론에 가끔 등장하는 천재들은 학교를 다니지 않고도 아무 문제 없이 살지 않던가.

'부모님의 10%도 못 따라가지만, 천재를 연기하는 건 할 수 있지.'

영석은 생각을 마무리하고 서둘러 외출 준비를 했다. 마침 비번인 영애를 대동하여 몇 가지 물품을 사 와야 하기 때문이다.

철컥.

문을 열고 빌라 단지의 입구로 향하자 영애와 작은 소녀가 함께 있는 것이 보였다.

영석이 다가가자 소녀가 달려왔다.

"학교 가자!"

"진희야……."

영석은 아차 싶었다.

이 특별한 인연을 깜빡 잊고 있었다. 이걸 어찌 말해줘야 할까.

"나 이제 학교 안 가."

"왜?"

놀란 듯 눈을 크게 뜨고 물어보는 모습이 귀엽다.

'애들은 다 이렇게 귀여운 건가…….'

전생과 이번 대회에서도 여실히 나타났지만, 영석은 아이들이 무서웠다. 아니, 아이들을 대하는 자신이 무서웠다. 그러나 진희만큼은 예외다.

영석은 진희의 머리를 또 쓰다듬었다.

"혼자 공부하려고 그래. 운동도 하고."

"운동? 무슨 운동?"

"테니스."

"테니스?"

진희의 물음에 영석은 순간 좋은 생각이 떠올랐다.

"그래, 학교 끝나면 나랑 같이 테니스 하자. 수업 끝날 때쯤 내가 마중 나갈게. 음, 네 부모님한테는… 내가 말씀드릴게. 그때 진희도 하고 싶다고 했잖아. 오늘 말고 내일부터 같이 하자."

"그래!"

같이 등교를 못 해서 서운하지만 같이 뭘 할 수 있다는 게 마냥 좋다고 생각한 소녀는 웃으면서 답했다.

한편, 빌라 단지 입구에 차를 대놓고 꼬맹이 둘의 촌극(?)을 보던 영애는 기가 찼다.

*   *   *

"조심히 다녀와~!"

영애가 몰고 온 차로 진희를 학교까지 바래다주고 영애는 결국 조수석에 앉아 창문을 열고 진희에게 손을 흔드는 영석에게 말했다.

"아주… 어린 게 벌써 여자를 꼬셔? 입원 때 기록 보니까 영석이 너보다 1살 많던데, 뭐? 진희야?"

"일곱 살이어도 빨리 태어났으니까 일찍 입학한 거라고 엄마가 그랬어요."

영애의 말에 흠칫한 영석은 최대한 아이다운 말투를 구사

하려 노력했다. 영애는 더 기가 찼다.

"요즘 애들은 맹랑하구만……. 그래, 오늘은 뭐 살 거니? 네 엄마가 보호자 역할을 해달라곤 했지만 자세히는 못 들었다."

"서점이랑 수영장에 가려고요. 아, 진희 라켓도 사줘야 하는데… 주니어용 라켓은 어디서 살 수 있어요?"

"그건, 미국에 다녀온 이모 친구가 사 온 거야. 음, 구할 수 있으려나……."

영석은 잠시 생각했다.

동대문? 애들 라켓을 이 시대에도 팔까? 모르겠다.

"이모……."

"응?"

"저번에 제 입학 선물로 주신 라켓 있잖아요……."

말을 흐리는 영석의 낌새를 알아챈 영애가 픽 웃으며 말했다.

"들었다. 그 라켓으로 우승했다며? 축하해."

영애의 칭찬에 영석이 머리를 긁적이며 답했다.

"망가져서요……."

"그래, 오늘 사자."

"감사합니다!!"

"그래그래. 일단 서점에 가자."

*　　　　*　　　　*

'와… 91년도 참고서는 진짜 구리구나.'

영석은 진열된 책들을 뒤적여 봤다.

'국영수사과 말고도 다 봐야 하는 건가? 검정고시는 무슨 과목을 보는 거지?'

검정고시에 관련된 책들을 찾아보던 영석은 마침내 찾아서 '국졸고시(중검)' 책을 집었다.

"하……."

영석은 첫 페이지를 보고 한숨을 쉬었다.

· —만 11세 이상인 자로서 정규 교육과정을 이수하지 아니한 자 중 국민학교 또는 동급의 특수학교에 재학하지 아니하는 자…….

라는 조건을 봤기 때문이다.

'그 송 뭐시기 하는 천재 꼬맹이는 대학도 애기 때 가지 않았나? 허 참, 만 11살이면… 4년?'

기출문제는 우스웠다.

중졸고시(고검)도 볼 것도 없이 쉬웠고, 고졸고시(대검)은 긴가민가하는 것들이 꽤 있었다.

결국 영석은 '수학의 정석'을 찾아 나섰다. 다른 건 몰라도 수학만큼은 거의 다 잊어먹었기 때문이다.

'와, 표지가 다 한자네. 현학적이군… 그놈의 이를테면, 이를테면을 또 신물 나게 보겠군. 대충 종류 다른 거 하나씩

다……'

영석이 낑낑거리며 책을 들고 오자 전문 서적을 뒤적거리던 영애가 경악했다.

"이게 뭐야?"

"공부하려고요."

"뭐?"

경악으로 치켜뜬 영애의 눈에서 몰이해의 감정이 느껴지자, 영석은 한숨을 쉬며 들고 온 것 중 아무거나 집어서 뒤적거리다가 풀 만한 문제를 발견하고 영애에게 말했다.

"이거 풀어볼게요."

영석은 점원에게 종이와 펜을 요구해서 받아내고 바닥에 철푸덕 앉아 문제를 풀기 시작했다. 물론, 왼손으로.

이른 시간이라 구경꾼은 영애와 점원뿐이다.

10분 후.

영석은 식은땀을 삐질 흘렸다.

'모르겠다. 이렇게 난감할 수가.'

A4용지가 새까맣게 보일 정도로 숫자와 기호들이 가득했다. 영석은 계속 끄적거려 봤지만 이내 고개를 저었다. 무리다. 기억이 희미해서 별수를 다 써도 풀지 못하겠다.

"이모, 못 풀겠어요. 하하……."

정작 영애와 점원은 입을 쩍 벌리고 있었다.

"너, 너! 얼마 전만 해도 마마 빠빠 하던 게 무슨……!"

영애는 경악으로 말을 잇지 못하다가 책을 다 계산하고 영석을 끌고 차에 올랐다.

전생과 현생을 통틀어 영애가 정색한 표정을 처음 본 영석은 괜히 심장이 쿵쾅거렸다.

"이모, 어디 가요?"

"네 엄마, 한 선생 보러 간다."

딱딱하게 굳은 영애의 말에 영석은 꿀 먹은 벙어리가 되어 쭈그리고 있을 뿐이었다.

'실수했군……'

*　　　*　　　*

"여기까지 어쩐 일이야?"

영석의 어머니가 영석과 영애를 마중 나왔다.

영애는 다짜고짜 영석이 끄적인 종이를 들이밀며 말했다.

"뭐야, 이거. 영석이 언제부터 이랬어."

어머니는 난처한 듯 끙 앓는 소리를 내더니 우물거리며 입을 열었다.

"어, 어… 갑자기 영석이가 천재가 됐다면… 안 믿겠지, 최 선생?"

모친은 기어들어 가는 목소리로 답했다.

이 둘은 전생에서도 조금 기분 상하거나 진지한 상황이 되면 '최 선생, 한 선생' 했었다.

혹시나 싸우다가 이년 저년 할까 봐 암묵적으로 합의한 거라나 뭐라나.

여전히 쭈그리고 있던 영석은 마침내 결심했다.

'그래, 이모한테 말씀드려도 되겠다.'

아무래도 전생에서 입은 은혜도 있고, 늘 모친보다 더 극성으로 영석을 아껴주는 모습을 한결같이 보인 영애를 이렇게 홀대(?)할 수는 없었다.

"이모! 엄마! 나 배고파요. 밥 먹으면 안 돼요?"

시간도 마침 11시 30분.

식사를 하며 차근차근 설명해 줘야겠다고 마음먹은 영석이다.

'이야, 91년도에도 있을 건 다 있었구나.'

식당 내부를 둘러본 영석은 신기한 기분이었다.

2016년이나 1991년이나 여유로울 곳은 여유롭다. 그리고 세련됐다.

적당히 음식을 시킨 영애가 날카롭게 영석의 모친을 바라봤다.

"말해."

영석이 치고 들어갔다.

"이모, 제가 말씀드릴게요. 그러니까……."

영석은 한참을 영애에게 설명했다.

이야기를 듣는 영애의 표정에 놀람과 경악, 그리고 분노 등의 감정들이 순식간에 지나갔다.

"그래, 그랬구나."

영애도 마찬가지로 납득했다.

너무나 쉽게 납득을 하니 영석은 자신이 비상식적인 인간이 된 것 같은 기분이 들었다.

영애 입장에선, 이제 초등학교에 입학한 아이의 머리에서는 절대 나올 수 없는 이야기였고, 자신의 눈으로 직접 문제를 풀어재끼는 모습도 봤다. 무엇보다도 영애 또한 영석의 부모만큼이나 머리가 좋다. 또한 생각도 깊고 넓다.

말도 안 되는 헛소리를 지껄이고 있냐며 호통을 치기보다, 진지하게 몰입해서 들어줬던 태도도 그런 사고에서 나온 것이었다. 물론, 그것은 영석에 대한 애정이 바탕이 된 것이다.

마침 타이밍 좋게 주문한 음식이 나왔다.

셋은 아무 말 없이 조금씩 음식을 먹었다. 영석은 힐끗 영애의 눈치를 봤다.

짧은 순간에도 어마어마한 생각들이 흐르며 한편에 쌓여가는 과정이 눈동자에 어린다.

"왜 검정고시를 봐?"

어머니와 영석은 그 질문에 대답하지 못했다.

"프로가 되려면, 그것도 세계 제일을 꿈꾼다면 당장 해외로 보내야지. 공부는 무슨 공부야. 프로가 우스운 것도 아니고……."

영애는 부모님보다 확실히 더 과격하다. 그리고 급진적이다. 영애 또한 영석의 부모님만큼 테니스에 심하게 빠져든 사람인 만큼, 선수를 꿈꾸는 영석의 행보에 보다 구체적인 조언을 할 수 있었다.

영애의 질문이 영석과 모친의 마음에 큰 파문을 그렸다.

어머니는 부모의 입장에서 영석이 딱히 교육받을 필요는 없다고 생각한다.

이미 서른둘까지 살았던 자식이다. 무엇을 선택하든 믿고 맡길 수 있다. 가장 중요한 것은 자신과 남편 모두 영석의 목표를 위해서라면 무엇이든 지원할 준비가 돼 있다는 것과, 부모인 그들의 자신감이다. 물론 영석의 확고한 의지와 경험 또한 중요한 요소다.

한편 영석도 영애의 질문에 진지하게 생각했다.

'공부… 라.'

영석의 부모님은 영석이 대학을 꼭 가야 한다거나 어느 정도의 '수준'까지 사회적으로 인정받기를 원하는… 그런 알기 쉬운 인물들이 아니다. 두 사람은 한 분야에서 최고의 수준에 달했기 때문에, 자식에게 자신들의 꿈을 투영하지도 않았다.

즉 영석이 검정고시를 통과하겠다고 한 것은 부모님의 비위를 맞추기 위해서가 아니었다. 그저 막연하게 '이 정도까지는 해야겠다'라는 관습을 따르기 때문인 면이 물론 없지는 않으나 그게 전부는 아니다.

한참을 고민하던 영석이 입을 열었다.

"한국이 학벌 사회니 공부한다는 등의 그런 되도 않는 이유로 공부를 하려는 건 아닙니다. 다만, 스스로에게 필요 최저한의 교육을 시키는 것일 뿐입니다. 휴식의 의미도 있고요."

"교육?"

영석의 말에 모친과 영애 모두 의아해했다.

"저는 제가 겪은 이 상황을 결코 일반적이라고 생각지 않습니다."

"그야 그렇지."

동의를 표하는 어른들을 보며 영석이 재차 말을 이었다.

"저는 그만큼 남들보다 훨씬 더 유리한 고지에서 시작하게 되는 것이죠. 하지만 시작이 빠른 만큼 얻게 되는 부작용도 있습니다. 타성에 젖기 쉽다는 사실이죠. 저는 제 자신을 백 퍼센트 신뢰하지 않습니다. 언젠가는 타성에 젖고, 삶을 주체적으로 인식하지 못하고 그저 흘러가는 대로 살게 되는 순간도 분명 찾아오겠지요. 그 시기가 언제 찾아올지는 모릅니다. 프로로 데뷔하기 전에 찾아올 수도 있죠. 프로 생활 중에 찾아올 수도 있고요. 분명한 건, 또래보다 빨리 찾아올 가능성이 높다는 것입니다. 이런 몸이지만… 서른이 넘었는걸요."

영애에게도 이미 사정을 설명했으니, 영석은 어린아이를 연기할 필요가 없다.

"공부는 그래서 필요한 것입니다. 끊임없이 사고를 촉진하고 답을 찾아가는 과정을 학습하는 겁니다. 저 자신에게 교육을 시키는 겁니다. 사고를 확장시켜 그 범위를 활용해 끊임없이 자신을 채찍질할 수 있게끔 돕는 수단으로서의 공부를 목표로 해야 합니다. 검정고시나 대입은 그 긴 여정의 중간 과정일 뿐이고요. 이렇게 살아가면 분명 테니스에도 도움이 될 겁니다."

테니스뿐이겠는가.

영석의 방식은 삶을 살아가는 것 전반에 이로운 사고방식이다.

다만 그렇게 살 수 없는 인간들이 대부분이라 현실이 괴로운 것일 뿐이다.

당연하게도 영애와 모친은 영석의 말을 이해한다. 이해한다 뿐일까. 한층 더 높은 차원에서의 재해석 또한 가능한 인물들이다.

"그래."

영애는 납득했다.

그러다 퍼뜩 생각난 듯 또 물었다.

여운이 침묵의 길이를 늘이는 것이 거북한 것도 있고, 영석에게 들었던 얘기 중에 가장 중요한 사건이기도 한 그것이다.

"그 뺑소니범은?"

"물론, 잡았지."

모친이 오싹하게 웃으며 말한다.

"나랑 현우… 아니, 애 아빠랑 얼마나 돌아다녔는지 몰라."

목이 타는지 살짝 물을 들이켠 모친은 말을 이었다.

"그 새… 아니, 피의자는 잡아들였어. 목격자도 많았고, 알고 보니 혈중 알코올 농도가 0.4% 가까이 되더라. 애들이 다치지 않아서 중형은 면했지만, 잡아 오면 괴롭힐 방법이야 얼마든지 있지."

살기 가득한 안광을 토해내며 말하는 모친의 모습이 영석에게는 생경했다.

모친도 그제야 영석을 힐끗 보더니 입을 다물고 조용히 식사를 했다.

그 후, 이런저런 얘기를 한 세 사람은 식사를 마치고 헤어졌다.

*   *   *

모친은 다시 일하러 돌아갔고, 영석은 영애와 함께 수영장을 찾았다.

"이 정도면 쓸 만할 거다."

코를 찌르는 락스의 냄새가 어린 영석의 몸에는 조금 자극적으로 느껴졌지만, 영석 또한 영애의 말에 동의했다.

25미터 레인이 무려 10개는 된다.

10개의 레인은 각각 수심도 다르게 설계돼 있다.

'역시 부자 동네군.'

영석도 만족스러웠다.

별문제 없이 그렇게 수영장의 새벽반을 등록했다. 영애가 통 크게 1년 치를 지불해 줬다.

영석이 미안해하자,

"네 엄마한테 다 받아낼 거니까 걱정 마."

라고 쿨하게 답한 영애는 곧바로 백화점을 향했고, 새로운 라켓과 진희의 테니스화는 물론이고, 영석이 입을 옷 몇 벌을 사 줬다. 그밖에도 공부할 때 쓰라며 온갖 학용품을 사고, 영석이 간신히 말려서 안 샀지만 심지어 몽블랑 만년필도 사주려고 했다. 짐이 얼마나 많은지, 결국 백화점 직원이 주차장까지 짐을 날라줬다. 영석은 짐이 늘어날 때마다 계산을 어림짐작으로 해봤다. 그러나 액수가 100만 원대를 넘어가자 셈을 포기했다.

영석은 새삼 놀랐다.

아무리 친우의 자식이라지만, 엄연히 남의 자식인데 전생에도 그렇고 영석에게 왜 이렇게 잘해줄까?

집으로 가는 길에 차 안에서 영석이 물었다.

"이모, 이모는 왜 저한테 그렇게 지극정성이세요?"

"지극정성은 무슨……."

영애가 피식 웃으며 영석을 힐끗 봤다.

제법 눈이 진지하다고 느낀 영애가 입을 열었다.

"민지가 너 낳을 때, 현우랑 나도 같이 있었다. 그리고 널 내가 받았지. 교수님이 받았어야 하는데, 네 엄마랑 아빠가 굳이 나보고 받으라고… 했었지. 그렇게 널 받고 나니까 이상하게 눈물이 나더라."

말을 하는 영애의 시선이 저 멀리 아득한 곳을 향해 있었다.

"그 순간은… 참… 뭐라 말하기 힘든 순간이었어……. 아무래도 민지에게 나를 투영할 수밖에 없었지. 같은 여자니까."

여기까지 말한 영애는 잠시 말을 멈추고 생각을 정리한 후 다시 입을 열었다.

"네가 알까 모르겠지만, 우리나라에서 여의사가 살아남기란 정말 힘들어. 외과는 특히 여자가 씨가 말랐어. 기껏해야 내과, 가정의학과, 피부과에서나 조금 볼 수 있을까?"

영애의 말이 납득이 됐다.

'2010년을 넘어야 성형 붐이 일어서 성형외과, 피부과, 안과가 떴지, 그전엔……'

전생에서도 영애의 푸념 아닌 푸념을 몇십 년 동안 들었는데, 어찌 영석이 그 사정을 모를까.

"난 특히나 대학 병원에서 교수 자리를 노리고 있어. 가뜩이나 여자가 없는데, 보수적이고 꽉 막힌 대학 병원에서 여자

외과의 교수가 탄생하는 건 거의 불가능한 일이지."

"……."

"그래서 민지가 널 낳는 순간, 그리고 그런 너를 내가 받는
그 순간 생각했어. '아, 나는 이 아이를 마음으로라도 내 아이
라고 생각하자. 그리고 여자로서의 나를 버리자'라고……."

"……!!"

영석은 놀랐다. 처음 듣는 얘기이기 때문이다.

부모님과 마찬가지로 영애 또한 유복한 집안의 후손으로,
무엇 하나 부족함 없이 자랐고, 살아갈 수 있는 사람이다. 그
런데도 본인의 야망과 꿈을 위해 이 정도의 각오를 했다는 것
이 소름 돋고 존경스러웠다.

영애가 쓸쓸한 어조로 입을 열었다.

"그런데 그런 마음가짐도 조금씩 흔들릴 때가 있어. 저번에
너희에게 소개한 그 후배 의사도 그렇고, 쑥쑥 자라는 너를
봐도 마음이 흔들려. 내 선택과 다짐은 과연 올바른 선택일까
하는."

"……."

영석은 갈등했다.

하지만 고민은 짧았고, 그는 마침내 답을 내려 입을 열었다.

스스로를 몰아붙이는 영애의 모습이 괴로워보였기 때문이다.

"전생에서… 이모는 교수 자리에 올랐어요. 한국 최고의 대
학의 대학 병원에서 교수 자리에 쉰도 안 돼서 올랐죠."

"…그러니?"

영애의 물음 속엔 더욱더 큰 혼란이 휘몰아치고 있다.

자신의 미래를 미리 듣는 기분은 그만큼 생경했다. 차 안에서는 깊은 침묵이 휘돌았다.

"다 왔다."

이제는 눈에 익은 빌라 단지의 정문 앞에 영애가 차를 세우고 말했다.

여전히 많은 고민과 갈등이 계속됨을 눈동자와 목소리에서 눈치챌 수 있다. 영석은 무슨 말을 덧붙이려다가 이내 고개를 가로젓고 밝게 말했다.

"이모, 오늘 너무 고마웠어요. 정말이지 늘 이모에겐 감사해요."

"뭘, 당연한 거지."

영애가 픽 웃으며 답했다. 그리고 다시 차에 오르려 하는 순간, 영석이 말했다.

"30년 넘게 말 안 했지만… 정말 사랑해요, 이모. 우리 부모님만큼이나."

영석의 말에 영애의 몸이 굳었다.

"그……."

영애는 답하려 했지만, 자신의 목소리가 떨리는 걸 눈치채고 당황했다.

"…다음에 또 보자꾸나."

간신히 답을 한 영애는 차를 몰고 단지를 빠져나왔다.

영석은 영애의 차가 떠나는 것을 하염없이 바라보고 있었다.

부모님과 영애. 영석의 인생 전부를 다 바쳐서 감사드려도
모자란 은인들이다. 그들에게 자신의 상황을 남김없이 털어놓
으니 비로소 자신이 돌아왔다는 걸 실감했다.

＊　　　＊　　　＊

퇴근한 부모님과 식사를 하고 진희 얘기를 꺼낸 영석은 모
친과 함께 진희의 집을 방문했다.

같은 단지 내에 사는 진희의 집은 5분도 걸리지 않았다.

초인종을 누르자 조금 급하게 느껴지는 발소리가 가까워지
더니 젊은 여성이 문을 열었다.

"어머……! 어서 오세요~!"

그녀의 뒤로 자그마한 소녀 진희가 영석을 보며 귀엽게 웃
었고, 진희의 부친 또한 만면에 웃음을 띠고 환영했다.

"…그래서, 방과 후에 진희와 같이 행동하고 싶다고 그러네
요, 우리 집 애가."

둘이 한 회사를 운영하고 있다는 진희의 부모님은 자수성
가한 타입으로, 젊은 나이에 큰 성공을 거둔 사람들이다. 그
래도 집 안의 인테리어는 수수하게 꾸며놓았다. 아마 성향 자

체가 졸부 스타일은 아닌 것으로 보인다. 이를테면, 자신이 추구하는 길을 걷다 보니 부(富)가 따라온 케이스로 보인다는 것이다.

간단하게 차린 차와 간식거리를 먹으며 얘기가 진행됐다.

"그러니까 영어랑, 테니스랑… 그 뒤엔 영석이가 우리 애랑 공부한다는 거죠?"

영석의 모친이 사람 좋은 웃음을 머금고 답했다.

"네. 저도 그렇고, 진희 부모님도 그렇고 맞벌이라 애 혼자 집에 남겨놓는 게 힘들잖아요. 인연이라면 인연일 수 있는데, 아이 둘이 같이 다니게 하면 조금은 안심이 될 것 같아서요."

"안 그래도 작년부터 진희가 학교에 다니고서 저희도 걱정이 많았어요. 가정부도 써봤는데, 영 시원찮고 믿을 수가 없어서… 결국 학원을 몇 개나 등록해서 저녁에 제가 데리러 가고 그랬죠. 진희가 참 힘들어했는데……."

부모 입장에서는 늘 아이가 신경 쓰이는 법이다.

과장해서 말하자면 아이에게 할애할 수 있는 일분일초도 소홀히 하고 싶지 않을 것이다.

아이는 아이 입장에서 하루 종일 학원을 왔다 갔다 하는 게 정말 힘들다.

영석의 모친은 공감한다는 듯 고개를 크게 끄덕이며 입을 열었다.

"영어 강사랑 테니스 코치는 저랑 애 아빠가 일단 섭외해

났어요. 영어 강사는 외국인으로 하려다가 믿을 수가 없어서 저랑 애 아빠의 후배에게 부탁했어요. 국가 장학금을 받고 해외에서 몇 년을 공부하다 온 재녀(才女)라서 믿을 만해요. 사람도 괜찮고요."

'그렇군.'

옆에서 듣던 영석은 납득했다.

괜히 자국에서 나와 91년도의 한국에 와서 영어를 가르치려고 하는 외국인들의 신상은 대부분 그리 믿을 만한 게 아니긴 하다. 2016년에도 커뮤니티를 보면 외국인 교사들의 만행을 심심찮게 확인할 수 있었다. 더구나 가르침을 받는 영석과 진희가 아이라면 더더욱 부모님의 선택이 탁월한 거다. 영석은 자신이 아이의 몸이라는 것을 간과했었다. 만약의 경우에 자신은 물론이고 아무것도 모르는 진희 또한 위험에 처할 수 있다.

영석의 모친과 진희의 부모는 계속해서 영어 강사에 대해 얘기를 나눴다.

진희는 지루한지 눈을 반개하고 반쯤 졸았다. 영석은 피식 웃으며 가지고 온 선물 꾸러미를 진희에게 보여줬다. 진희의 눈이 큼지막하게 떠진다.

"이게 뭐야?"

"선물이야~!"

"우와!"

진희의 눈동자가 별처럼 반짝이는 걸 보니 상당히 즐거운 기분이 든 영석이다.

"자, 뜯어봐."

진희가 고개를 끄덕이고 예쁘게 포장이 된 선물 꾸러미의 포장지를 조심스럽게 뜯는다.

그러자,

"와아아아!"

앙증맞은 노란색 신발과 라켓이 진희를 소리 지르게 했다.

"우와아아아!"

영석이 흐뭇하게 웃으며 말한다.

"신발 신어봐~!"

"응!"

진희가 고개를 끄덕이고 신었다. 영석이 신발의 발가락 부분을 꾹꾹 누른다.

"아파?"

"아니!"

조금 넉넉하지만 어린아이가 신고 뛰어다니기엔 딱 좋다.

좋다고 펄쩍펄쩍 뛰어다니는 진희가 작은 병아리 같아 너무나 귀여웠다.

"라켓?"

진희가 라켓을 들고 물어본다.

"응, 테니스 라켓이야."

영석이 씩 웃으며 말했다.

아이들의 대화를 듣느라 얘기가 중단된 어른들은 모두 만면에 푸근한 웃음을 짓고 있었다.

영석의 모친이 말했다.

"영어 수업이 끝나고 4시쯤 되면, 우리 단지 입구에 차 한대가 올 거예요. 코치가 아이들을 마중 나와서 데리고 가기로 했어요. 저랑 애 아빠가 같이 활동하고 있는 테니스 클럽의 코치가 가르칠 건데, 사람도 괜찮고 잘 가르치기로 소문난 코치라 영석이하고 진희에게 모자람 없이 잘 대해줄 거예요."

"장소는 어디예요?"

진희의 모친이 물었다.

"저번에 갔던 올림픽 공원에 있는 실내 테니스장이에요."

영석은 까까거리는 진희랑 놀아주면서 코치와 코트의 정보를 들었다.

자신은 상관없지만, 진희랑 같이 테니스를 배우게 된다면 확실히 실내 테니스 코트가 좋다. 진희는 단순히 취미로 하게 될 텐데 땡볕에서 까맣게 피부 태울 필요는 없다. 여자아이에게 그런 부담을 안기긴 싫다.

그 뒤로도 진희의 부모님과 영석의 모친은 이런저런 얘기를 많이 나누었다.

'아드님한테 정말 고맙다', '에이 무슨 말씀을요' 등 서로 거리낌 없이 편안하게 대화를 나누는 분위기다. 진희는 어느새

영석의 무릎에 누워 새근새근 자고 있었다. 시계를 보니 어느
덧 밤 10시가 됐다.

"엄마, 나 졸려요."

영석이 입을 뗐다. 모친은 영석의 뜻을 이해하고, 몸을 일
으켰다.

"벌써 시간이 이렇게 됐네요."

"어머……."

조금씩 불이 붙던 수다를 멈춰야 한다는 것에 조금은 아쉬
움을 표한다.

"내일부터 영석이가 계획한 대로 움직인다고 하니, 잘 부탁
드려요."

영석의 모친이 말한다.

아까의 수다에서 비용 문제도 언급했었는데, 진희 몫은 자
신들이 부담하는 게 맞다며 꼭 말씀해 달라고 얘기가 오갔다.

어머니와 집으로 돌아가는 길. 어두운 밤거리에 허연 가로
등들이 운치를 더하고 있다.

영석이 나지막이 말했다. 영애에 이어서 두 번째의 고백이다.

"감사해요, 엄마. 비상식적인 일에도 이렇게 잘 이해해 주시
고 제 얘기를 들어주셔서 얼마나 감사한지 몰라요."

이런 상황 자체가 낯간지러웠던지 모친이 뒤통수를 긁적인다.

하지만 이내 날숨을 길게 쉬고 또렷하게 대답했다.

"고맙긴. 어떤 부모라도 마음은 나와 같을 거다. 안타깝게

도 마음만큼 현실이 못 따라주는 경우가 많을 뿐이지."

모친의 말이 맞다.

누군들 자식의 꿈을 응원하고 싶지 않을까.

현실이, 능력이 안 닿아 못 돕는 게 천추의 한일 뿐이다.

"그렇죠. 맞아요. 하지만 부모님은 늘 한계 이상으로 절 도와주셨죠."

"그런 말을 들으니 내가 순식간에 할머니가 된 기분이구나."

영석의 가슴이 다시금 아릿해진다.

하지만 서러움이 아니라 기쁨에 벅차 뻐근한 것이다.

오붓하게 거리를 걷는 모자의 머리 위로 유리색 달빛이 쏟아진다.

*   *   *

새벽 5시 30분.

영석이 번쩍 눈을 뜬다. 최근엔 알람에 의지하지 않고 같은 시간에 일어나는 것을 훈련하고 있다. 훈련이라고 하면 왜인지 거창한 느낌이 들지만, 프로로 살아가길 마음먹고 나선 이상 일상의 모든 것을 훈련으로 생각하려 노력하고 있는 영석이다.

"후읍!"

숨을 고르게 몇 번 쉬고 온몸을 찢는다. 머리부터 발끝까지 모든 관절과 근육을 자극한다는 마음으로 스트레칭을 시작한다. 관절의 가동 범위, 근육의 유연성을 기르기 위함이다.

20여 분을 그렇게 몸을 꼬고 부모님을 깨운다.

"일어나셔요!"

부모님이 식사 준비를 하고, 출근 준비를 하는 동안 영석은 빠르게 샤워를 한다.

단란하게 둘러앉아 아침 식사를 한다. 자질구레한 이야기들, 날씨가 어쩌니 컨디션이 어쩌니 하는 대화들이 오고 간다. 식사를 마치고 간단한 설거지는 영석의 몫이다.

'말 그대로 고사리 같은 손이군.'

제 손보다 더 큰 수세미로 그릇을 닦는 영석의 입에 쓴웃음이 맺힌다.

작다 못해 아기자기한 손이다. 하지만 이 손은 곧 굳은살이 알알이 박인 튼실한 손이 될 거고, 수많은 트로피를 들어 올리게 될 거다. 영석은 그렇게 믿고 하루하루를 이겨내자는 각오를 했다.

"잘 다녀와라!"

영석이 차에서 내리자, 모친이 크게 말한다.

이대로 부모님은 일터에 가고, 영석은 일과를 시작하게 된다.

으음, 파!

수많은 아줌마들에게 둘러싸여 숨 쉬는 법을 배우고 있는 영석. 귀엽다며 너도나도 만져대는 통에 영석은 정신이 없었다. 퍼렇게 칠한 질긴 스티로폼 덩어리 같은 걸 의지해 물속에서 발차기 연습도 해본다. 조금씩이지만 전진하는 몸이 신기했다.

'확실히 관절에 부담이 없다.'

관절에 부담을 주지 않으면서 전신을 자극시켜 준다. 어린 아이인 지금, 신체라는 토대를 단련하기 위해선 수영은 최고의 선택이다. 그렇게 한 시간여를 운동하고 나면 확실히 전신이 쑤신다.

가볍게 샤워를 하고 집으로 돌아온 영석은 아침에 먹었던 반찬들을 냉장고에서 꺼내 다시 먹는다.

'하루에 최소한 3끼를 푸짐하게 먹는 걸 목표로 해야 된다.'

부모님이 키가 큰 편이라 걱정은 안 되지만, 그래도 방심하지 않고 성장에 힘써야 한다.

배부르게 밥을 먹으면, 펜을 잡고 검정고시 공부를 시작한다.

과연 가만히 앉아 머리를 쓰는 건 영석에게 좋은 휴식이 된다.

뇌를 끊임없이 자극하는 건 코트에 혼자 남겨져 시합을 치르는 선수에게 반드시 도움이 된다고 영석은 믿는다.

모든 행위를 테니스에 연관시켜 행동하는 영석의 사고방식은 분명 과한 의미 부여일 수 있다. 하지만 영석은 모든 것을 쏟아부어 한 치의 흐트러짐 없이 일로 정진하고 싶었고, 그런 영석에게는 일련의 방식이 적합하다고 볼 수 있다.

11시쯤 되면 1시간 정도의 낮잠을 잔다.

빡빡한 일정을 소화하려면 잠과 영양분 보충은 반드시 지켜져야 한다.

*   *   *

아이들의 하교 시간에 맞춰, 영석은 교문에서 진희를 기다린다.

교문 옆에 〈국민학교〉라는 명패가 보인다.

'그러고 보니 이때는 국민학교였구나.'

뭔가 자신이 굉장히 오래된 세대가 된 것 같아 기분이 묘했다.

영석의 그런 감회와 상관없이 하교 종이 울리고, 아이들이 우르르 쏟아져 나온다.

소음과 산만함에 영석은 정신이 혼미했다.

저 멀리 영석이 찾고 있는 진희도 보였다.

"진희야!"

영석의 부름에 멀리서 소녀가 다다다 뛰어온다.

'어쩌면 저렇게 천진할 수 있을까.'

방금 전까지 시끄럽고 귀찮은 꼬맹이들을 욕하던 영석은 양심도 없이 진희를 보며 헤벌쭉한다. 영석의 눈에 진희는 너무 귀엽고 사랑스러운 아이다. 나이 차이가 많은 여동생을 바라보는 기분이다.

"테니스!"

진희가 영석을 보자마자 외친다.

영석의 팔을 꼭 붙잡고 재잘재잘 수다를 떤다. 선물받은 라켓이 너무 예뻐서 안고 잤는데, 인형만큼 푹신하지 않아서 불편했다는 둥, 신발 신고 자려다가 엄마한테 혼났다는 둥 쉴 새 없이 얘기를 한다. 그 모습이 귀여워서 괜히 머리를 한번 쓰다듬는 영석이었다.

*　　　*　　　*

"이건 뭐야? 그림?"

진희가 책의 한 부분을 가리키며 말한다.

영석과 진희의 앞에는 젊은 여성이 생글생글 웃으며 앉아 있었다.

'부모님 후배라더니… 명불허전이군.'

나름대로 확고한 커리큘럼을 갖고 지도하려 하는 모습을 단박에 알아차릴 수 있었다.

그녀는 아이들에게 제2외국어를 어떤 방식으로 접근시키는 게 가장 효율이 높은지 확실히 알고 있는 사람이다.

진희가 그렇게 기초를 배우고 나면, 영석의 차례가 온다.

이미 영석의 부모에게 언질을 받아, 영석을 고등학생 수준으로 인식하고 있던 선생은 원활한 영어 회화를 위한 과정을 영석에게 설명해 줬다.

"음, 얼마나 알고 있는지 모르겠지만, 네가 알고 있는 영어에 대한 상식은 모두 버리는 게 회화에선 제일 중요해. 첫 번째, 일단 아는 단어로만 문장을 구성해 볼 것. 최대한 간결하게 표현하면서 대화에 익숙해지는 게 중요해. 그 뒤로는……."

그렇게 한참을 영석에게 설명하고 책상에 테이프 한 무더기를 꺼내었다.

"녹음테이프야. 뉴스, 드라마 등을 녹음한 건데, 일단 안 들려도 최대한 들으려고 해봐. 몇몇 단어만이라도 좋으니 듣고 써보는 연습을 하자. 그리고 가장 중요한 건, 네가 들은 몇 개의 단어로 그 문장을 유추해 내는 습관을 들이는 거야. 듣고 문장을 머릿속에 떠올려서 그걸 해석하는 과정은 너무 복잡해. '의미'를 잡아내는 훈련을 한다고 생각하고 내 말대로 한 번 해봐."

"네!"

그렇게 한 시간여를 보내고 나면, 영석이 간식거리를 준비한다.

되도록이면 견과류와 곡물 등을 먹으려 노력한다.

진희가 맛없다며 울상 지었지만, 영석의 말에 곧 와구와구 먹기 시작했다.

"이거 먹으면 예뻐진대."

그렇게 간식을 먹고 나면 진희의 숙제도 도와주고, 영석 자신의 공부도 이어서 한다.

그러다 보면 순식간에 시간이 흐른다.

오후 네 시.

진희의 손을 잡고 빌라 단지 입구를 향하고 있는 영석은 고급스러운 세단을 발견했다.

세단의 주인도 영석과 진희를 발견했는지, 차 문을 열고 내렸다.

"네가 영석이니?"

170센티 정도 되는 작달막한 남자가 몸을 수그리며 물었다.

남자의 옆에는 마찬가지로 170센티 정도 되는 늘씬한 여자가 서 있었다.

"네, 제가 이영석이고, 이 아이가 김진희입니다."

똑부러진 영석의 말에 남자가 피식 웃는다.

진희는 낯선 사람들 앞이라 영석의 뒤에 숨는다. 그런 진희에게 여자가 사근사근 말을 건다.

"안녕?"

"안녕하세요오……."

진희가 자그맣게 대답한다.

그 모습이 귀엽다는 듯 여자가 쿡 웃는다.

남자가 상황을 정리하고자 입을 연다.

"난 최영태라고 한다. 현우 씨랑 민지 씨한테 얘기 들었지?

앞으로 너희들에게 테니스를 가르칠 사람이다."

말투가 딱딱하다.

반면, 여인은 사근사근하다.

"난 이유리라고 해~ 앞으로 잘 지내자!"

통성명을 하고 영석은 진희를 데리고 뒷좌석 문을 열어 차에 올랐다.

차는 곧 조용한 소리를 내며 부드럽게 움직이기 시작했다.

영석은 앞자리에 앉은 두 남녀를 보고 말했다.

"두 분 모두 코치님인가요?"

"응! 영석이 넌 정말 일곱 살이니?"

"네."

"어머, 참 의젓한 도련님이구나!"

발랄한 이유리는 차 안의 어색한 분위기를 해소하려는 듯 시종일관 질문을 쏟아부었다. 영석은 최대한 예의 바르고 성의 있게 대답해 줬다. 다행히 진희도 낯선 분위기에 조금은 익숙해졌는지 얼굴이 펴졌다.

*   *   *

"우와!!"

목적지에 도착하고 차에서 내린 영석과 진희를 반기는 것은 국내 최고의 시설을 자랑하는 실내 코트였다. 진희는 신기한지 도도도 뛰어다니며 눈을 반짝반짝 빛냈다.

"우선! 기본부터 가자."

그리 말하며 그립을 쥐는 법부터 해서 하루 종일 포핸드 스 윙만 가르칠 거라 생각한 영석의 예상과는 달리 레슨은 참으 로 유아틱하고 자유분방한 분위기였다. 진희는 지치지도 않는 지 이유리에게 코칭을 받고 있는데 그 내용이 뭐냐 하면,

"자, 공 던져봐~!"

'이유리가 외치면 진희가 테니스 공을 힘껏 던진다'라는 일 련의 과정이었다.

단순한 맨손 캐치볼부터 시작한 레슨은 조금 뒤 진희가 마 음껏 라켓으로 공을 치는 과정으로 변했다. 그립을 잡는 것 도, 스윙을 가르치는 것도 없이 말 그대로 마구잡이로 공을 때리는 놀이였다. 그럼에도 진희는 뭐가 그렇게 재밌는지 까 까거리며 신나게 공을 쳤다.

"어, 저게 레슨인가요?"

멍하니 지켜보던 영석이 질문하자 옆에 있던 최영태가 답 한다.

"입문은 저런 식으로 진행하는 게 좋아. 아이들은 저렇게 접근해서 천천히 훈련 과정을 고도화하는 게 이상적이다. 하 지만 이영석, 너는 다르겠지?"

최영태의 눈이 날카롭게 빛난다.

영석은 몸을 팽팽히 당기는 긴장감에 단박에 스릴 넘치는

기분이 됐다.

"물론이죠."

팡!

포핸드는 아직 미숙하다.

왼손으로 바꿨으니 네트를 넘기는 것만으로도 힘에 부치는 수준이다. 그야말로 초보자라고 할 수 있다. 대회를 겪었어도 영석에겐 성에 차지 않았다. 하지만,

펑!!

여섯 면이나 되는 실내 코트의 모두가 영석의 백핸드를 주목했다.

작달막한 꼬맹이의 스트로크라고 하기엔 어마어마한 타구음이 들렸기 때문이다.

그뿐이랴, 조금이라도 테니스를 즐기는 이라면 누구나 알 수 있다. 소름 끼치도록 군더더기 없는 날렵한 궤적의 스윙이 얼마나 높은 영역에 있는지.

최영태도 마찬가지로 놀랐다.

하지만 그는 티를 내지 않으며 여러 공을 시험해 봤다.

최영태가 코트의 후방 깊은 곳으로 높이 뜬 공을 주자 영석은 맹랑하게 베이스라인(코트 맨 뒤쪽 라인)에서 라이징으로 처리했다.

라이징(Rising ball stroke)이란, 바운드하여 튀어 오르는 볼

을 치는 것을 뜻한다. 통상의 스트로크가 튀어 오른 볼이 정점에 올랐을 때 친다면, 라이징은 볼이 바운드되자마자 빠른 타이밍으로 치는 것이다.

"물론 네 선택은 좋지만, 우선 발을 움직이는 연습을 하자. 라이징이 언제나 잘 들어간다는 보장은 없어. 레슨받으면서 라이징 치다간 게을러져서 시합 때도 라이징을 치게 된다."

최영태가 말을 길게 하며 공을 계속 던져준다. 영석은 숨이 턱 끝까지 차올랐지만, 묵묵히 새겨들으며 공에 집중했다.

"빠진다."

최영태가 외치며 던져준 공 하나가 예리한 각도로 들어오며 저 앞에서 한 번 바운드되더니 코트 밖으로 도망간다.

눈을 빛낸 영석은 망설임 없이 달려가서 러닝 백핸드로 처리해 버렸다.

네트 옆을 휙 지나간 공이 그대로 맞은편 베이스라인에 꽂힌다.

이번에는 최영태도 적잖게 놀랐는지 입을 헤벌렸다. 기껏해야 슬라이스(Slice : 공을 친다기보다 라켓을 위에서 아래로 내려치듯이 휘둘러서 공에 스핀을 거는 느낌의 스트로크)나 로브(Lob : 상대방 코트의 베이스라인(Baseline)을 겨냥해 공을 높고 느리게 받아넘기는 타법을 말한다)로 띄울 줄 알았는데, 꼬맹이가 러닝 포핸드도 아닌, 러닝 백핸드를 때려 버린 것이다. 무려 투 핸드 백핸드로!

"잘했어. 방금은 흠잡을 곳 없이 완벽했다."

최영태는 목을 가다듬으며 다시 말을 이었다.

"백핸드 스트로크는 굉장히 수준이 높다. 백핸드만큼은 기술을 더 키우는 방향으로 잡자. 그럼 스트로크에서는 포핸드에 집중을 해야겠다. 공 주워 오고 포핸드 조금 더 하자."

"네!"

영석은 칭찬을 받아서 기쁠 법도 했지만, 전혀 기쁜 얼굴이 아니었다.

틈틈이 테니스 마니아인 부모님과 연습을 했지만, 포핸드가 이렇게 처참할 줄은 몰랐기 때문이다.

사실 시합을 하게 되면, 포, 백 스트로크가 전체의 70%를 차지하고, 그중에서도 60% 이상은 포핸드다. 즉, 한 게임에서 가장 많이 활용되는 게 포핸드이니만큼, 영석의 약점은 명확했고, 누구나 쉽게 노릴 수 있는 것이다.

하지만 한편으로는, 이렇게 멀쩡한 다리로 빠른 속도감을 즐기며 공을 칠 수 있다는 게, 소름이 끼치도록 행복하고 즐거웠다.

'역시 테니스는 즐거워.'

프로로 살아가려는 삶에 한 점 의심도 없는 것에는 테니스에 대한 사랑이 가장 큰 비중을 차지하고 있다. 공을 주우러 가는 짧은 거리가 너무나 행복한 영석이다.

그 후에도 영석은 1시간가량 최영태와 함께 발리, 서브, 스매시 등을 체크하는 시간을 가졌다.

*   *   *

"재밌었어?"

집으로 돌아가는 길, 올 때와 마찬가지로 최영태가 차로 바래다주고 있다.

진희도 유리랑 친해졌는지, 많이 편안한 얼굴이다. 영석이 괜히 또 진희의 머리를 쓰다듬으며 물었다.

"응응! 진짜 재밌어!"

진희가 자연스럽게 영석의 손길을 받아들이며 해맑게 답했다.

하긴 재밌을 법도 하다. 접근성이 떨어져서 그렇지, 테니스만큼 재밌는 종목은 없다고 여기는 영석이기에 당연하다고 생각했다. 앞에 앉은 최영태와 이유리도 흐뭇하게 웃고 있었다.

'애들이라길래 각오했었는데……'

1시간을 넘게 진희와 놀아준 이유리는 여러 가지 의미로 놀랐다.

우선, 순하고 착해서 놀랐다. 한창 말 안 듣고 땡깡 부릴 나이임에도 진희는 너무 착했다. 옆 코트에서 레슨받던 영석은 애 주제에 너무 의젓해서 무서울 정도다.

두 번째는 아이들의 재능에 놀랐다.

영석이야 언질을 받은 게 있으니 크게 놀라진 않았는데, 진희 또한 재능이 있다. 한 시간 만에 공하고 친해진 진희는 라켓 헤드의 테두리로 공을 떨어뜨리지 않고 무려 열 번이나 팅겨서 모두를 놀라게 만들었다. 공과의 친화력만 생각한다면, 계속해서 테니스를 즐긴다는 가정과 신체의 원활한 성장이 받쳐준다는 가정하에 앞으로 무난하게 선수로서 살아갈 수 있을 거라 생각할 정도다.

물론, 아직 하루밖에 안 됐고 다른 쪽으로 재능이 전혀 없으면 또 모를 일이지만……

많은 액수의 돈을 받고 가르치게 된 최영석과 이유리지만, 아이들의 첫인상은 그들로 하여금 액수를 잊게 할 정도로 기쁨을 줬다. 앞으로 소중하게 성장시켜야 할 의무감을 바탕으로 의욕이 샘솟았다.

"잘 가!"

진희가 현관문 앞에서 영석을 배웅하며 손을 흔든다.

조금 피곤했는지 6시도 안 됐는데, 눈이 꿈벅꿈벅 감긴다. 그 모습조차도 귀여워서 영석은 피식 웃었다.

"그래, 내일 보자!"

모든 것이 시작되는 첫날이어서 그런지 유독 하루가 길었다는 생각이 들었다.

특히 테니스 레슨에서는 온몸의 신경이 녹아내리는 것 같은 예민함을 느꼈다. 엄청난 집중력으로 인해서 짧다면 짧았던 그 순간이 하루 종일같이 느껴졌다.

"다녀왔습니다."

영석이 집에 왔는데 어쩐 일로 불이 켜져 있다.

"아들 왔어?"

어머니의 목소리가 들리자 몸이 나른해지며 안락함이 몰려왔다.

당장에라도 쓰러져서 잠에 빠지고 싶은 기분이었다. 어머니가 현관까지 와서 영석을 안아 올렸다. 7살인 영석의 몸은 너무나 가벼워서 쉽게 들렸다.

'우리 엄마 힘이 얼마나 센 거야. 엄마들은 다 이런가?'

아니, 단순히 모친, 한민지의 힘이 보통내기가 아닌 걸지도.

안아 올려 급작스럽게 뽀뽀 세례를 퍼붓는 모친에게 영석이 말했다.

"으… 땀 났는데 그러지 마요. 지금 더러운데 나……"

그 말에 어머니가 정색하고 말했다.

"네가 예전에 몇 살이었든 지금은 7살이니, 아들이 그 나이일 때 누릴 수 있는 내 즐거움을 빼앗지 마라."

"…네."

주책없다고 생각되지만, 자신의 마음이 따뜻하게 차오르는 걸 영석은 막을 수 없었다.

"밥 먹어야지? 배고프지?"

영석이 답을 하기도 전에 영석을 안은 상태로 부엌까지 간 어머니다.

"와……."

영석은 밥상의 휘황찬란함에 놀랐다.

김치찌개, 굴비튀김, 소고기장조림, 제육볶음, 다섯 가지가 넘는 채소 무침까지… 너무나 화려해서 눈이 부셨다.

영석이 정신을 못 차리자 어머니가 머쓱하게 웃으면서 말했다.

"네 아빠가 한 거다. 이거 원, 밥할 때마다 엄마를 기죽이니… 내가 밥할 생각이 들겠어?"

어머니의 말에 아버지가 부엌에서 나오며 앞치마를 풀었다.

"설거지랑 빨래에 비하면 요리하는 건 천국이지. 영석아, 얼른 손 씻고 와라. 밥 먹자."

"네!"

밥상을 보자 없던 기운이 확 온몸에 차오르며 힘을 줬다.

종종걸음으로 손을 씻고 와 부모님과 함께 밥을 먹으며 영석은 더없는 행복함을 느꼈다.

'좋구나. 이런 일을 다시 겪을 수 있다니…….'

열심히 하는 모습으로 부모님의 은혜를 조금이라도 갚아야겠다고 다짐한 영석이다.

Chapter 5

Lesson

그렇게 하루하루를 밀도 높게 활용하다 보니 어느새 시간은 순식간에 흘러 1996년이 됐다.

　영석의 나이는 12살이 되었고, 진희는 13살로 중학교 입학을 앞두고 있었다.

　"많이 기다렸어?"

　조금은 성숙해진 여인의 목소리가 영석의 귀를 파고든다.

　"아냐, 방금 왔어."

　영석은 진희를 웃음으로 맞이하며 답했다.

　여자아이의 성장은 무섭도록 빠르다고 하더니… 어느새 165센티가 넘은 진희를 영석은 올려다볼 수밖에 없었다. 영석은 키가 아직 160센티 정도로 또래에 비해 조금은 큰 편이지만, 진희에 비하면 아직 멀었다.

자신보다 커져 버린 진희를 보는 영석은 기분이 미묘했다.

줄곧 자신이 보호자로 행세했었는데, 요즘은 홀쩍 커버려서 싱숭생숭했다. 거기에 여자애라 그런지 조금 빠르게 사춘기까지 찾아와 영석은 진희를 미지의 생명체로 인식할 수밖에 없었다. 요즘은 곧잘 자신을 동생 취급 하며 누나 노릇을 하는데, 그 모습이 귀엽기도 하고 낯설기도 한 영석이다.

변하지 않은 것이 있다면, 이들의 일정뿐이다.

"…오늘은 학교에서 무슨 일 없었어?"

"아, 음. 요즘 조금 고민되는 게 있는데……."

"뭔데?"

변하지 않은 것이 하나 더 있다.

진희는 말하는 와중에도 영석의 팔을 꼭 붙들고 있었다. 두 사람 사이에선 너무나 당연한 거라 딱히 아무런 의식을 하지 못하는 풍경이다.

*　　　*　　　*

"오, 굉장한데?"

영석이 진희의 문제지를 채점하더니 감탄한 듯, 조금 크게 말했다.

진희의 문제지는 틀렸다는 표시 하나 없이 깨끗했다. 맞는 게 더 많다 보니 동그라미 치는 걸 생략하기 시작했었는데, 어느새 영석의 빨간 색연필은 쓸 일이 없게 됐다.

영어 선생은 취직으로 인해서 두 사람을 가르치는 것을 그만두게 됐다. 그러나 문제없는 것이, 영석이 이미 영어 선생의 커리큘럼을 모두 이해한 상태라, 영석이 진희를 가르치면 되었다. 가르치려고 더 공부하다 보니 영어 실력에 있어 영석은 이미 또래와는 차원이 달랐다.

그리고 그건 다른 과목에서도 마찬가지다.

책상에는 수많은 문제집이 깔려 있었다. 개념서는 이미 통달하다 못해 집필을 할 정도였고, 요즘에는 모의고사 형식의 문제집만 풀고 있는 영석이다. 옆에서 영석이 하는 걸 어릴 때부터 따라 한 진희 역시 중학교 입학을 앞두고 있지만, 이미 고등학생의 수준까지 올라왔다.

"영석아."

"응?"

"아까 나 고민 있다고 했잖아……."

진희가 조심스럽게 운을 뗀다.

영석은 진희의 진지한 분위기에 표정을 바로 하고 받아줬다.

"응. 무슨 고민이야?"

"나… 아니다. 이따 레슨받고 와서 얘기하자."

"…그래."

그 뒤에 오후 네 시가 될 때까지 둘은 계속해서 공부를 했다.

＊　　　　＊　　　　＊

"일단 간단히 포 두 개, 백 두 개를 치고 짧은 공 처리해. 그리고 발리 랜덤으로 3개 줄 거야. 마무리는 스매시. 알아들었지?"

예전에 비해 조금은 삭은 최영태가 딱딱하게 말한다. 이유리와 결혼을 했어도 여전히 성격이 변하질 않는다. 영석은 그런 최영태의 일관된 모습에 픽 웃고 답했다.

"네, 주세요."

영석이 걸어가며 목과 손목, 그리고 발목을 가볍게 푼다. 일종의 징크스같이 온몸을 천천히 풀며 걸어가게 된 습관이 생겼다. 베이스라인 정중앙에 있는 센터마크를 발 앞에 둔 영석은 길게 심호흡을 하고 몸을 숙였다. 그리고 그립을 양손으로 쥐어 빙글빙글 돌렸다. 무릎은 살짝 굽히고, 시선은 정면을 향한 채. 언제든 포핸드와 백핸드에 대응하게끔 하는 자세다. 야구의 내야수와 비슷한 포즈라고 생각될 정도로 닮은 포즈다.

"몸풀기니까 가볍게 간다."

"네!"

최영태가 영석의 왼쪽으로 공을 던져준다.

영석의 다리가 순식간에 스플릿 스텝(Split step : 상대방이 공을 침과 동시에 살짝 점프를 해서 공이 오는 방향으로 반 박자 빠르게 가는 스텝의 일종)을 밟고 스프링처럼 튕겨 나간다.

깃털같이 가벼운 사이드 스텝으로 공을 사정권 안에 둔다. 타점을 위한 최적의 장소를 찾아 유려한 잔발 스텝(짧은 보폭으로 빠르게 밟는 스텝)이 흐른다. 그리고 꼬인 몸을 풀듯 탄력적으로 임팩트를 가져간다.

펑!

스윙의 궤적이 우아하다.

그러나 타구음은 굉장했다. 공이 쒜엑— 소리를 내며 총알처럼 나간다. 회전을 거의 주지 않은 플랫 타구가 순식간에 맞은편 코트의 베이스라인에 정확히 꽂힌다.

영석은 팔로우 스윙을 빠르게 가져간 후, 다시 사이드 스텝으로 센터마크까지 달린다.

코치가 던져준 공이 이미 저 멀리 떨어지고 있기 때문이다. 다시 반복되는 스텝에 이어 이번엔 백핸드 스트로크가 터진다.

쾅—

아마 초고속 카메라로 찍으면 테니스공이 심하게 일그러지는 모습이 자세히 보일 거다.

영석의 백핸드는 날로 진보하여 이제 최영태도 감탄하기 바쁜 영석의 강점이 됐다.

깨끗한 스윙을 감상할 틈도 없이 공이 저 앞에 툭 떨어진다.

짧게 떨어지는 공이다. 영석은 득달같이 달려들어 포핸드로 공을 긁어 올렸다.

엄청난 톱스핀을 먹은 공은 큰 포물선을 넘기는가 싶었는데 최영태가 그 공에 바로 발리를 댔다. 통상 코치들은 네트 앞에서 공을 던져주기 때문에 가능한 일이다.

"큭!"

영석은 급하게 그 공에 반응할 수밖에 없었다.

미숙한 발리를 댈 수밖에 없었고, 붕 뜬 공은 최영태의 먹잇감이 됐다.

스— 팡!

최영태의 군더더기 없는 스매싱이 꽂혔다.

"여러 전략 중 하나지만, 이렇게 드롭(Drop shot : 공의 아래 부분에 언더스핀(역회전)을 많이 걸어 공이 네트를 넘자마자 뚝 떨어지게 하는 타법을 가리킨다)을 걸고 네트 대시를 해서 발리전으로 점수를 따는 패턴도 있다는 건⋯ 이영석, 너도 알지?"

"네!"

영석이 힘차게 답했다.

최영태는 고개를 끄덕이며 다시 말을 이었다.

"포핸드 스트로크는 이제 평범한 수준까지 올라왔는데, 발리는 영 나아지질 않는구나. 언제든, 어떤 그립을 잡고 있든 항상 일정하게 공을 처리할 수 있을 정도가 돼야 한다."

"네!"

"다시 간다."

최영태의 말과 함께 영석은 다시 베이스라인의 센터마크까지 걸어갔다.

　그렇게 공을 치다 보니 훌쩍 20분 정도가 흘렀다.

　영석이 공 줍게 하는 시간도 아까웠는지, 최영태는 하나의 공으로 레슨을 했다. 네트 앞에서 영석의 스트로크에 대응해서 발리를 대는 식으로 공을 줬다. 발리를 대는 것으로 공을 주기 때문에 공은 규칙적으로 오지 않았고, 영석의 신경은 다양한 공에 반응하기 위해 예민하게 곤두섰다.

　마침내 적었던 공이 완전히 소모되자, 영석은 빛살처럼 달려가 공을 주웠다.

　그리고 이번엔 리턴 연습이 이어졌다.

　최영태가 플랫 서브, 스핀 서브(Spin serve : 공에 스핀을 준다는 점에서 플랫 서브와 구분된다. 플랫 서브와 달리, 느리고 회전이 많아 안정적이다.) 등을 섞어가며 서브를 하면 영석은 리턴을 하는 레슨이다. 실력과, 나이 차이가 큰 만큼 영석은 그야말로 '받아내기 급급한' 리턴을 할 수밖에 없었다.

　그렇게 50여 개 정도를 끝내면, 애드 코트(왼쪽)에서 다시 50여 개의 서브를 한다.

　서브라는 건 가장 기본적이면서도 가장 힘든 기술이다. 코치가 100여 개의 서브를 넣으며 레슨을 돕는 건 상당히 어려운 일이다. 최영태도 빠르게 서브를 계속적으로 넣어야 하기 때문에 온몸에서 열기를 뿜어내며 땀을 흘리고 있었다. 힘들기는 공을 쫓아가기 급급한 영석도 마찬가지다.

최영태가 손짓으로 영석을 불렀다.

"헉헉… 왜요, 코치님?"

최영태가 호흡을 가다듬고 말했다.

"리턴은 자세가 무너져도 돼. 네가 프로를 노리고 있으니 말해주겠다. 프로의 서브는 평균 200㎞/h를 웃돈다. 무서운 건 그 200㎞/h를 거의 완벽히 원하는 곳에 꽂아 넣을 수 있다는 거지. 특히 랭킹 10위권만 돼도 마음만 먹으면 똑같은 자리에 10개고 100개고 넣을 수 있어."

영석이 고개를 끄덕였다.

"난 기껏해야 160? 170㎞/h 정도에 불과하지만, 네 나이에는 그것도 상상 이상으로 빠른 속도겠지. 아무튼, 그 정도의 속도에 대응해서 완벽한 네 스윙을 하기란, 거의 불가능하다고 봐야 한다. 그럼 '좋은 리턴'이란 뭘까?"

최영태의 질문에 영석이 조금의 고민도 없이 답했다.

"단식이니까… 아무래도 센터마크(베이스라인의 한가운데) 근처에서 서브를 하겠죠? 그럴 경우에 가장 좋은 건 서브를 넣은 선수의 발밑에 공을 리턴하는 것이죠. 그것도 빠른 공으로."

최영태가 고개를 끄덕였다.

"물론, 그럴 수 있다면 그건 좋은 방법 중 하나일 것이다. 하지만 서브만 해도 종류가 천차만별이고 모든 공을 네가 말한 방법대로 처리할 수 없다. 능숙한 서브 앤 발리 스타일의 선수일 경우, 서브를 하고 두세 발자국만 밟으면 네트 앞에 도달해 있다. 그러면 네 공은 발리로 처리되는 거지."

"…음."

두세 발자국이라는 말에 영석이 고개를 갸우뚱거린다. 최영태가 그런 영석을 보더니 말한다.

"잘 봐."

최영태가 공을 바닥에 몇 번 튕기더니 높게 토스한다. 토스의 높이와 방향으로 봤을 때, 플랫 서브일 것이다. 토스한 공이 가장 높이 올라갔을 때 굽혔던 무릎을 펴며 가볍게 몸을 띄우더니, 그대로 공을 강타한다. 어깨와 팔에 내회전이 걸리며 라켓 면이 공을 비비듯이 강타한다.

펑!

뒤에서 앞으로 무게중심을 이동한 다음, 그 힘을 이용해 점프를 하고 공을 때렸으니 몸이 둥실 앞으로 나아갔다. 그리고 스텝 한두 번이 이어지자 놀랍게도 최영태가 당도한 곳은 서비스 라인이었다.

"여기서."

최영태가 이어서 가벼운 스텝 두세 번을 하자 순식간에 네트에 당도했다.

"봤어?"

"네."

영석은 어안이 벙벙했다.

160km/h라고? 어림도 없다. 180km/h 가까이 나온 것 같다.

"나는 키가 작아서 이렇지, 190㎝나 2미터가 서브를 하면 리턴하기도 전에 이미 서버가 네트에 와 있을 거야."

영석은 수긍할 수밖에 없었다.

"그렇군요."

"그렇다면, 다시 얘기를 돌려보자. 어떻게 리턴하는 게 가장 좋을까?"

"음……."

영석이 고민에 빠졌다.

무작정 발밑으로 찌른다고 될 일이 아니다.

휠체어 테니스와 그냥 테니스는 너무나 다른 세계여서 영석은 늘 고민에 빠지곤 한다.

'공을 양 사이드 뒤쪽으로 길게 주는 것? 그건 너무 어려워. 그냥 레슨할 때 카트 볼을 마음 놓고 쳐도 10개 중에 2, 3개는 실패하는데, 그걸 받아쳐서? 힘들다.'

최영태는 그렇게 고민하는 영석을 한참 지켜보더니 말했다.

"서브의 종류와 코스를 생각하면 완벽한 리턴이라는 건 있을 수 없는 게 현실이다. 즉, 도박성이 짙은 선택을 해야 하는 거지."

"도박… 말입니까?"

"그래. 대신, 네 패를 네가 완전히 꿰뚫고 있어야 한다. 즉 치밀한 계산이 요구되는 거지. 가령, 네가 빠른 발이라는 패를 갖고 있다면 체공 시간이 긴 공으로 리턴한 후 빠른 발을 이용해 상대방의 선택에 그때그때 대응하는 것을 하나의 전략으로 세울 수 있다. 하지만 빠른 발을 갖고도 이렇게 방어 일변도로 가는 건 괜한 체력 낭비가 될 수 있어. 서버의 선택지가 압도적으로 많은 게 테니스라는 종목의 특징이니까."

"그렇죠."

"중요한 건, '계산하는 능력'이다. 앞으로 몇 번의 랠리가 이어질 것인지를 서브가 날아오는 순간에 가늠할 수 있어야 한다. 네 리턴에 대응하는 상대의 선택, 그 선택에 다시 대응하는 너의 선택까지. 상대방의 수가 세 가지라면 세 가지 모두에 대응할 수 있는 해답을 순식간에 계산하고 임해야 한다. 그리고 이건 고도의 훈련과 많은 경험을 통해 얻을 수밖에 없지."

"어렵군요."

"즉, '좋은 리턴'이란 수읽기에 능한 머리가 갖춰져야 실현될 수 있는 거다."

"명심하겠습니다."

"다시 리턴해."

최영태는 시크하게 영석을 고갯짓으로 물리더니 어깨를 홱 홱 돌리고 서브할 준비를 했다. 영석은 그 모습이 믿음직스러웠다.

한편, 남자 둘을 지켜보는 여인 둘이 있다.

조금 나이를 먹은 탓인지, 처음 봤을 때보다 눈가라든가 입가에 미세하게 주름이 간 이유리와 멀리서 보면 아가씨 소리를 들을 13살의 진희는 한창 수다를 떨고 있다.

"아주 그냥⋯ 집중력 좀 봐. 벌써 1시간이 넘었는데, 힘들지도 않은지 계속 치네."

이유리가 혀를 차며 말했다. 진희는 아무 말 없이 텅 빈 시선으로 영석의 몸놀림을 좇고 있었다.

"코치님."

"응?"

진희가 나직이 이유리를 부르자, 이유리도 진지하게 들어줄 준비를 했다.

"전 영석이랑 하루 종일 붙어 있거든요. 앞으로도 그럴 거 같은 생각이 들고요."

"그렇지."

이유리가 수긍했다. 가만히 둘을 지켜보면 안다. 서로가 서로에게만 집중하고 있기 때문에 이 아이들의 세상은 좁다. 하지만 좁은 만큼 깊어서 타인은 그 깊이에 놀라고 만다. 보수적인 이유리지만, 아마도 남녀 간에 소울 메이트라는 게 있다면, 영석과 진희가 그에 해당한다고 여기고 있다.

"그래서 저는 잘 알아요. 영석이는 삶이 테니스예요. 아침에 일어나는 것부터 밤에 잠들기까지, 테니스를 위해 밥을 먹고, 생각을 하고, 공부를 하고, 말을 하고, 걸음을 옮기고⋯⋯. 그야말로 인생을 송두리째 던져 버렸어요."

이유리는 진희의 말에 더 놀랐다. 말투가 어른스러웠기 때문이다. 아마 저 애늙은이 이영석하고 붙어 다니느라 그런가 보다고 여겼다.

영석이 삶을 올인한 건 별로 대수롭지 않은 일이다. 테니스로 밥 벌어먹고 살려는 아이들 모두가 동일하기 때문에 별로 놀랄 만한 일이 아니다. 프로의 세계란 그런 거다.

'이 사람은 인생 전부가 테니스야. 그렇지 않으면 저런 레벨은 될 수 없어. 테니스를 위해 아침에 일어나고, 밥을 먹고, 뭔가를 보고 듣고 얘기하고 온 신경을 집중하지. 그러니까 이렇게 매일 망설임 없이 테니스만을 생각하고 테니스를 위해 살아가는 거야.'

라고 타인들이 경외감을 가질 만큼 살아야 하는 것이 프로의 삶이다. 당연하다는 말이 목젖까지 올라왔지만 이유리는 참아내고 진희의 말을 경청했다.

"그런데 저는 그게 가끔 숨이 막혀요. 과연 내가 그런 영석이를 따라갈 수 있을까? 같이 가고 싶은데, 항상 전 뒤처지는 기분이에요. 테니스는 말할 것도 없어요. 전 아마 선수 생활은 못 할 거 같으니까요. 아시잖아요. 제 발이 얼마나 느린지……."

둑이 터지듯 진희의 하소연이 이어진다.

사춘기를 겪으며 훌쩍 정신도 자랐다. 그 과도기를 맞이하며 혼란을 겪고 있는 거다. 이유리는 가만히 진희의 손을 잡고 진희의 눈을 지그시 바라봤다.

"발이 느리긴. 그건 영석이랑 비교했을 때의 얘기지… 넌 충분히 빨라. 아마 지금 네 나이의 테니스 선수를 꿈꾸는 여자애들 중에서 가장 빠를걸?"

"……."

이유리는 진희가 왜 기가 죽었는지 알 것 같았다.

익숙하지 않은 것이다. 무엇에 익숙하지 않은 것이냐면, 타인과의 비교를 통해 자신의 위치를 가늠하는 작업이다.

진희는 고개를 젓더니 계속해서 입을 연다.

"공부라도 이기고 싶어요. 그런데 아세요? 코치님, 영석이가 공부 얼마나 잘하는지 모르시죠? 대입 시험? 같은 게 있다던데 그거 모의고사로 풀면 전 과목 합해서 5개도 안 틀려요. 우리나라에서 가장 똑똑한 12살일 거예요. 공부도 못 이기고, 테니스도 못 이기고……."

이유리는 공감했다.

아마도 진희는 영석과의 깊은 인연을 느끼고, 앞으로도 그 인연을 이어가고 싶은 거다.

하지만 누가 위에 있고 아래에 있는 게 아닌, 동등한 입장에서의 관계를 원하는 것이다. 아마 진희는 앞으로도 평생 열등감에 시달릴 것이다. 그것이 두려운 진희는 이처럼 괴로워하는 것이다. 여기에 무슨 말로 위로를 할까. 어설픈 위로는 상처를 뒤집는 거와 마찬가지다. 이유리가 어찌할 바를 모르고 있을 때 갑자기 소년의 목소리가 들려왔다.

"그럴 필요 없어."

영석이다. 멀리서 공을 치던 영석이 진희와 유리의 심각한 분위기를 귀신같이 알아채고 달려온 것이다. 영석의 단호한 말에 진희가 눈물이 맺힌 얼굴로 영석을 바라본다.

"너랑 난 그런 단순한 관계가 아니야. 너는 이해할 수 없겠지만… 나한테 너는 그런 존재가 아니야……. 그냥 넌 나를 그렇게 복잡하게 볼 필요 없어. 내가 잘하면 그게 다 네 덕분이고, 내 성취가 곧 너의 성취야. 넌 그냥 존재하는 것만으로 충분해."

무슨 말을 하는지 말하는 본인인 영석도 모른다.

다만 정말 진희는 영석에게 그런 존재다. 너무나 깊고 질긴 인연. 삶을 공유하는 기분. 명백한 타자이지만 자아의 일부처럼 느껴지는 그런 존재다. 아마 진희는 영석을 그렇게 생각하지 못할 것이다. 그건 전생과 현생을 모두 살아가고 있는 영석이 느껴야 할 인연의 무게다.

"…그게 무슨 말이야."

진희가 눈가를 훔치며 말한다.

하루 종일 영석에게 말을 할까 말까 고민했던 걸 이유리에게 털어놓는 것만으로 눈물이 날 거 같은데, 영석이 들어버리니 뭔가 서럽고 애달프다.

"그래, 말하는 나도 모르겠는 걸 네가 어떻게 알겠냐. 일단,

그런 고민 하지 마. 만약 내가 잘하고 있다고 한다면, 그게 네 덕분이라는 것만 알고 있어. 그러면 돼. '아, 영석이가 나 때문에 저렇게 테니스를 잘 치는구나. 나 때문에 공부를 잘하는 구나'라고 생각하면 돼, 앞으로."

결국 또 이상한 말을 지껄였다고 자책한 영석은 괜히 진희의 머리를 쓰다듬어 줬다.

요즘엔 영석보다 커서 많이 못 쓰다듬었다.

영석의 손길을 진희는 잠자코 받아들였다. 그랬다. 어려서부터 이어온 특수한 관계가, 진희가 알을 깨고 나오며 뒤틀어질 뻔한 것이다. 하지만 진희가 과연 영석이 한 말의 의미를 제대로 알아들었는지는 모를 일이다.

두 아이의 대화에 이유리는 아무런 말을 할 수 없었다.

자신이 최영태와 언제 저런 대화를 했었나? 둘 다 선수 시절에 승리와 패배를 번갈아가며 겪으며 어떤 위로를 했었고, 어떤 관계를 맺었나. 조금은 자괴감이 든 이유리다.

"후, 집에 가자. 씻고 올게."

영석이 입을 뗐다.

진희는 영석의 말과 손길의 의미를 파악하고 싶기도 하고, 뭐가 뭔지 모르겠지만 그냥 알 것 같다는 생각도 들었다. 오묘하고 복잡한 하루다.

*   *   *

그렇게 진희의 큰 고민을 알게 된 이후로도 훈련은 매일같이 이어졌다. 어쩔 수 없는 일이다.

박스 볼을 치고, 기술을 갈고닦고, 뛰고⋯⋯. 훈련은 어릴 때와 비교하면 전혀 즐겁지 않았지만, 영석은 하등의 문제를 느끼지 못했다. 스스로를 엄격하게 통제하는 것을 즐기지 못하면 성장할 수 없다는, 운동선수 특유의 사고방식이 자리 잡고 있기 때문이다. 실제로 몸이 고통스럽지 않으면 우울할 정도였으니 말이다.

최영태도 영석의 태도를 당연하게 여겼다.

속으로야 무슨 생각을 하는지 알 수 없는 노릇이지만, 며칠이고 영석이 꿋꿋하게 훈련을 받자 익숙해졌다.

"복식?"

레슨 중간, 휴기 시간에 나란히 앉아 대화를 나누던 중 진희가 영석에게 물었다. 굉장히 뜬금없다고 생각했는지, 묻는 어조가 당황으로 물들어 있다.

"응."

"왜?"

다시 묻는 진희의 표정이 제법 날카롭다. 이제껏 영석에게 굉장히 순종적이었던 태도와 상반된다. 영석은 어렴풋이 그 이유를 짐작할 뿐이다.

'기준을 나에게 맞추니⋯⋯.'

이유리에게 고민을 털어놓은 이후, 주변의 모두가 그러지 말라고 해도 진희는 영석과 스스로를 비교하곤 했다. 그만두려야 그만둘 수 없는, 빠져나올 수 없는 늪에 빠진 것이다.

꽤나 자학적인 느낌의 비교라고 영석은 조심스럽게 예상했다. 하루가 다르게 침울해지는 진희를 보는 것은 영석에게 굉장한 고통이었다. 서로가 서로에게 악영향을 주고 있는 셈이다.

'또래와 시합이라도 하면 좋으련만.'

최영태와 이유리는 무슨 심산인지, 영석과 진희에게 일절 시합을 시키지 않았다.

진희는 더욱더 자괴의 늪에 빠져들고, 영석은 그 모습을 바라볼 뿐이었다.

"……"

영석은 자신을 미동케 하는 건 오로지 자신뿐이라는 신념을 가진 사람이다. 부화뇌동하지 않고 자신의 설계대로 걸음을 옮기는, 그런 철두철미한 삶을 살아가고 싶었던 것이다.

하지만 그런 영석의 다짐을 참으로 가볍게 깨부수는 존재가 있었다. 바로 부모님이다. 그리고 최근엔 진희도 그 목록에 추가됐다.

정이랄까, 한이랄까.

진희를 바라보면 묘한 목멤과 벅참을 겪는 영석이다. 더더욱 신경을 써주고 싶고, 보살피고 싶다는 갈망이 차고 흘렀다.

"복식은 가볍게 게임하기에 좋아. 두 명이 뛰게 되는 만큼

체력적인 부담도 덜하고, 기술을 더 콤팩트하게 발휘할 수 있는 노하우도 생겨. 또……."

'휴.'

맞는 말이지만, 영석은 스스로 하는 말이 공허하게 들렸다. 주절주절 중언부언하고 있지만 사실은, 내심은 그게 아니었다.

─네가 날 경쟁 상대가 아닌, 동반자로 느꼈으면 좋겠다.

진희가 불신과 체념이 혼탁하게 어우러진 눈동자로 영석을 빤히 쳐다본다. 영석이 하고 있는 말이 굉장히 가볍다는 걸 알고 있는 걸까. 공중에 흩날리는 스티로폼 가루에서 느낄 법한 덧없음을 느꼈을까. 하지만 영석은 뻔뻔하게 말을 이으며 심유한 눈으로 진희를 바라볼 뿐이다.

'내 감정을, 내 의지를 어린 네가 이해할 수 있을까? 나도 이해하지 못하는데.'

                    *   *   *

영석의 고집 덕분인지, 못 이기는 척 몸을 일으킨 진희가 터벅터벅 영석을 따라갔다.

"코치님."

영석은 최영태와 이유리 코치를 불렀다.

"복식 시합 해요. 저랑 진희 대 코치님들."

영석의 말에 최영태와 이유리는 침중한 기색을 보였다.

"……."

오가는 눈빛에 포함된 의미를 풀어내자면 굉장히 길 것이다.

"…그래."

최영태가 답했다.

"단! 배우고 시합하자. 너희 둘 다 개념조차 잡히지 않았잖아. 단식이야 우리가 레슨할 때 틈틈이 가르친다지만, 복식은 생각도 못 했거든. 규칙은 간단하니 배우는 것도 쉬울 거야."

이유리가 숨 막히는 분위기를 깨며 재잘재잘 설명을 했다. 그리고.

"아! 하루에 시합 한 번, 총 5일간 다섯 번! 어때?"

영석이 흔쾌히 답했다.

"좋죠."

영석의 시원스러운 대답에 흥을 맞추듯 이유리가 자연스럽게 말을 이었다.

"내기도 하자!! 역시 시합은 내기지! 상품은 뭐로 할까……."

아주 잠시 고민을 하는 척하던 이유리가 진희를 힐금 보며 흘리듯 물었다.

"진희는 뭐 걸었으면 좋겠어?"

"…몰라요."

"그래? 음, 그러면 3세트 진행되는 동안 너희가… 보자… 세 포인트, 세 포인트 따면 그날은 너희의 승리야. 내기에 걸린 상품은 너희가 이길 때 정해도 돼."

"네?"

영석이 눈을 크게 뜨며 물었다.

'아무리 우리가 애라도 그렇지, 본인들이 더블폴트(서브를 두 번 다 실패하면 그 포인트는 리시버가 가져간다)라도 하면 어쩌려고……'

"…적당하네."

가만히 듣고 있던 최영태가 툭 말을 뱉었다.

빠직.

혈관이 딱딱하게 굳어지는 소리가 들린 건 착각일까, 영석의 분위기가 일변한다.

눈을 초승달처럼 가늘고 우아하게 뜨며 만면에 미소를 지었지만, '누가 봐도' 화난 기색이다.

'이 양반들이……'

그렇게 안 보여도, 세상에서 누구보다 영석의 눈치를 많이 보고 항상 그의 기색을 살피는 진희만 영석의 분위기를 읽었을 뿐, 두 코치는 모르고 있는 건지, 알면서 무시하는 건지 아이들에게서 눈을 떼고 열심히 수업 방식에 대한 얘기를 주고받았다.

그렇게 화창한 어느 날 뜬금없는 복식 경기가 시작됐다.

*   *   *

"느려!!"

팡!!

최영태의 로브가 베이스라인을 노리고 정확히 떨어진다.

후위에 있던 영석이 백핸드를 치고 전위(네트 앞에서 주로 발리로 대응하는 위치)로 나아가려 마음먹은 그 타이밍에 최영태는 로브로 영석의 키를 넘긴 것이다.

"……."

복식은 '네트를 사이에 둔 복싱'으로 봐도 된다.

아웃라인은 바깥의 선을 사용한다지만, 일단은 같은 면적의 코트에 인원이 두 배가 많아지니 볼이 왔다 갔다 하는 템포가 굉장히 빠른 것이다. 빠른 공을 캐치할 수 있는 동체 시력, 누구보다 빠르게 볼에 반응할 수 있는 반사 신경 등, 실제로 격투기에서나 필요할 법한 능력이 요구된다.

"…러브 포티(0 : 40)."

짓이긴 입술 사이로 마지못해 내뱉는 말에서 감정의 편린들이 섬뜩하게 울린다.

영석은 그만큼 분한 것이다.

'이기지 못할 건 당연히 알고 있었지만……'

최영태와 이유리는 인정사정 봐주지 않았다.

자신의 서브게임(당사자가 서브를 하는 게임을 의미)이 아닌 이상, 진희는 계속해서 네트 앞에 우두커니 서 있었다.

결국 영석 홀로 후위(베이스라인 근방으로 물러나서 주로 포핸드,

백핸드 스트로크를 하는 위치)와 전위를 왔다 갔다 하며 분발했으나, 복식 초보인 영석 홀로 코치들에게 대항할 수는 없었다.

"0 : 6, 0 : 6, 0 : 5, 러브 포티. 매치포인트야."

무미건조한 최영태의 말이 얄밉게 느껴진 영석은 분함에 온몸을 떨었다.

진희는 고군분투하는 영석을 묘한 시선으로 보더니 눈에 생기를 찾고 라켓을 꽉 쥐었다.

"후우."

그새 냉정을 찾은 걸까, 영석이 길게 숨을 내뱉곤 바로 서브했다.

펑!!

쉬이이익―

공기를 가르는 소리가 제법 날카로웠으나 결국 아이의 서브. 리시버인 이유리는 여유롭게 통렬한 스트로크로 볼을 영석에게 돌려줬다.

불쑥―

그때였다.

영석의 눈에 진희의 움직임이 포착됐다.

시합 내내 어떻게 움직여야 할지 감을 못 잡고 갈팡질팡하던 진희가 매치포인트가 돼서야 움직이기 시작한 것이다.

진희는 길쭉하고 매끈하게 잘빠진 팔을 길게 빼서 영석에게 가는 볼을 중간에 발리로 커트했다.

팡!

단지 전위에 있던 진희가 공에 라켓을 가져다 대는 것만으로 영석은 순간적으로 반 호흡을 벌었다는 생각을 했다. 그만큼의 여유는 영석의 능력을 십분 발휘하게끔 도왔다.

'보인다.'

마치 위에서 내려다보듯, 자신을 포함한 넷의 움직임이 너무나 선명하게 보였다. 최영태와 이유리는 마치 한 몸처럼 유기적으로 움직였다.

'스텝 하나조차도 밸런스를 생각하며 움직이는구나.'

최영태가 반걸음 앞으로 걸으면, 이유리는 살짝 뒤로 몸을 옮긴다. 그리고 단순하게 몸의 방향을 조금만 틀어서 공간 자체를 틀어막는다. 거의 신기라고 봐도 될 정도다.

"대단해."

진희의 기습적인 발리는 전위에 서 있던 최영태에 의해 허무하게 처리됐다.

어떤 의도나 계산 없이 순간적으로 반응한 것에 불과한 진희의 발리는 상대방이 너무나 치기 쉽게 들어갔던 것이다.

스칵, 퐁!

최영태가 볼에 어마어마한 스핀을 걸어서 네트를 살짝 넘겼다.

전위에 있는 진희는 절대 받아칠 수 없는 공. 후위에 있는 영석이 득달같이 달려든다.

'받을 수 있어.'

최영태가 어설픈 건지, 영석의 발이 빠른 건지 공은 아슬아슬한 위치에 떨어지며 얕게 바운드됐다.

우당탕—

바운드된 공이 다시 코트에 떨어지기 직전, 영석은 의도적으로 엎어지며 팔을 쭉 뻗어 라켓을 공과 바닥 사이에 간신히 끼워 넣었다.

펑!

툭.

무지막지한 톱스핀을 먹은 최영태의 샷을 몸을 던져 간신히 받아낸 영석이지만, 공은 허무하게도 네트를 넘지 못하고 말았다.

"쳇."

나지막하게 안타까움을 내뱉은 영석을 향해 최영태가 훌쩍 네트를 뛰어넘어 다가왔다.

코트에서 네트 위를 넘어 다니는 행위는 지양되어야 하는 일이지만, 최영태는 아랑곳하지 않았다.

"일어나지 마!"

"안 아픈데……."

실제로 아프지 않았던 영석은 최영태의 난리에 머쓱해져서 조용히 대답할 뿐이다.

"……."

그런 둘을 보는 진희의 눈에서는 뭔지 모를, 기이한 빛이 일렁이고 있었다.

그날의 시합은 단 한 포인트도 따지 못한 영석과 진희의 패배였다.

*　　　　*　　　　*

펑!!

펑!

"영석아!"

"오케이."

1초 남짓의 짧은 시간에 벌써 네트 위를 두 번 넘어간 공. 끼익거리는 소음과 서로의 이름을 외치는 소리가 섞여 귀를 먹먹하게 한다. 시합을 하면 싫든 좋든 서로 커뮤니케이션을 해야 한다. 그런 의미에서 영석은 늘 시무룩했던 진희와 조금씩 소통이 되기 시작하자, 기분이 좋았다.

팡!!

이유리의 로브가 영석과 진희의 키를 훌쩍 넘어간다.

'받을 수 있다.'

벌써 내기가 걸린 시합의 마지막 날이다.

첫날과 이튿날에 질리도록 로브를 당했던 영석은 이유리가 로브를 하려는 기색을 보이자마자 뒤로 달렸다. 점핑 스매시로 처리해도 될 일이지만, 아직 어린아이의 몸이기 때문에 리치가 모자랐다.

휘리릭.

과연 코치들은 선수 출신이다.

스핀을 먹은 공은 정확하게 베이스라인 위로 떨어졌다. 열 번을 하면 열 번 다 라인 위에 정확히 떨어질 것이다.

영석은 그 공을 가까스로 받아냈다. 하지만 그런 영석의 부지런함도 미리 앞을 읽고 있는 코치들에겐 통하지 않았다.

팡!

코치는 둘 다 네트에 바짝 붙어서 영석이 가까스로 받아낸 공을 발리로 처리했다.

'왜? 뭐가 다르지?'

넘기기 급급한 영석과 진희가 바둑처럼 앞을 내다보고 공을 치는 코치들을 이길 리 만무하다.

그건 영석도 짐작하고 있는 바다. 하지만 테니스는 서브권이라는 것이 있고, 기회에 있어선 완벽하게 평등하다.

'우린 못 살리고, 코치들은 살린다.'

봐주지 않겠다고 한 코치들이지만, 영석은 코치들이 꽤나 많이 봐주고 있다는 걸 알고 있다. 애들을 상대하는 데 전력을 다할 순 없는 노릇이다.

영석이 머리를 싸매고 고민하는 걸 빤히 쳐다보던 진희가 영석에게 다가와 어깨를 툭 쳤다.

"앞으로 나오지 마."

"뭐?"

영석이 놀란 듯 묻자 진희가 단호하게 한 번 더 말했다.

"나오지 말라고. 내가 발리는 다 맡을 테니까, 영석이 넌 나한테 맞춰줘."

말인즉, 진희 자신의 움직임에 후위에 있는 영석이 알아서 보조를 맞추라는 것이었다.

전위를 담당하는 사람이 왼쪽에 있으면, 통상적으로 후위에 있는 사람은 오른쪽을 맡는다. 왼쪽에 있던 전위가 오른쪽으로 향하면, 오른쪽 뒤에 있던 후위는 왼쪽 뒤로 이동한다. 이렇듯 유기적으로 움직이며 코트의 빈 공간을 없애는 것이 가장 기본적인 복식 전략 중 하나이다.

"…그래."

영석은 진희의 강력한 의사 표현에 당황한 듯 고개를 끄덕였다.

진희는 고개를 크게 끄덕임으로써 영석의 대답을 확인하고는 다시 네트 앞으로 걸어갔다.

"다 끝났냐? 얘기하는 건 좋은데 벌써 20초 지났다."

최영태가 서브를 준비하며 외쳤다.

"죄송합니다, 이제 시작하시면 됩니다!"

"오냐!!"

최영태가 답하곤 토스를 했다.

천천히 움직이는 팔과 벌써부터 꿈틀거리는 기색이 엿보이는 하반신, 서늘한 최영태의 눈동자가 영석에게 강렬한 예감을 선사했다.

"플랫, 센터."

영석의 생각대로 공은 센터에 잘 들어왔다.

최영태의 본래 속도보다 7, 80킬로미터는 떨어지는, 영석도 받아낼 수 있는 서브였다.

쿵.

'크윽. 무거워…….'

예상 중 단 한 가지만 맞았다. 코스는 예상대로의 코스였으나, 엄청난 회전이 걸린 스핀 서브였다.

퉁!

엄청난 스핀은 공의 진로를 예측할 수 없게끔 했고, 불행하게도 영석의 리턴은 굉장히 어설펐다.

움찔.

자신의 미흡한 리턴이 마음에 걸린 영석은 본능적으로 몸을 앞으로 쏘아 보내려 했으나, 자신을 빤히 쳐다보는 진희의 눈동자가 떠올라, 몸을 멈추고 주춤거릴 수밖에 없었다.

펑!

툭.

팡!

툭.

영석이 머뭇거리는 새, 네트 앞에선 이유리와 진희, 두 사제가 벌이는 발리 전쟁이 일어나고 있었다.

'자, 잘하네?'

영석은 네트 앞에서 팔짝팔짝 움직이는 진희를 보며 내심 감탄했다.

봐주지 않겠다곤 했지만, 차마 위험하게 진희의 몸 쪽으로는 공을 못 보내는 이유리의 약점 아닌 약점을 본능적으로 캐치한 건지, 진희는 그야말로 신들린 듯 반응했다.

'저, 저……'

특히 진희와 발리로 맞붙는 이유리의 놀라움은 더 컸다.

'이 아이… 공간을 입체로 활용하는구나……!'

보기엔 받아내기 급급한 모습에 불과할지 모른다.

하지만 진희가 보내는 공은 같은 코스로 들어오는 공이 '단 하나도' 없었다.

보통 사람이 왼쪽, 오른쪽이라는 '방향' 위주의 사고를 한다면, 진희는 각 공의 길고 짧음, 즉 '깊이'까지 힘든 와중에 계산하여 공을 보낸다.

평범한 포핸드, 백핸드 스트로크에선 당연한 경우이지만, 바운드되지 않은 공을 처리해야 하는 발리의 경우에는 꽤 힘든 일이다. 그것도 진희처럼 어린아이라면 말이다.

"……!!!"

뒤에서 멍하니 진희의 움직임을 좇던 영석은 이내 진희의 공에 집중을 하기에 이르렀고, 곧 엄청난 사실을 깨닫게 됐다.

　'설마……!'

　비록 시합이라 생각할 수 없는, 거의 레슨에 가까운 전개는 진희가 이유리의 의도대로 움직인다는 것을 뜻했지만, 그럼에도 진희의 능력은 대단했다.

　'발리로 회전을 조절하는 건가?'

　펑!

　시합 중이지만, 영석은 진희의 팔을 유심히 지켜봤다.

　손목을 세우고 라켓을 치켜들어 넘어올 공에 대비하는 진희의 자세는 발리의 정석과도 같았다.

　퉁!

　넘어온 공을 향해 진희가 몸을 가볍게 던진다.

　몸으로 방향을 잡고, 팔은 최소한의 움직임을 보인다.

　그리고…….

　'손목!'

　진희의 손목은 부드러운 스프링처럼 아주 미약하게 탄력적으로 반응했다.

　상대방이 보낸 공에 걸린 회전을 어느 정도로 죽이거나 살릴지 관장하는 손놀림이다.

　아마 진희는 '이 정도면 좋겠다'라는 식의 추상적인 감각으로 몸을 움직일 가능성이 크다. 그 추상적인 관념을 기계처럼

정밀하게 실현시키는 것은 진희의 신체 능력이다. 그게 '감'이
고 '재능'이다.

"합!"

네트를 사이에 두고 진희랑 상대하고 있는 이유리도 이런
진희의 범상치 않은 능력을 여실히 깨닫게 됐다. 그리고 발리
로만 진행되는 랠리는 한동안 계속됐다.

퉁!

펑!

팡!

그렇게 무언의 레슨을 진행하던 이유리는 적당한 타이밍이
라고 생각했는지 진희가 받을 수 없을 만한 속도와 코스의 공
을 찔러 넣었고, 그대로 마지막 날의 시합은 맥없이 끝났다.

'결국 단 하루도 세 포인트를 딴 적이 없구나.'

크게 아쉬워한 영석은 힐금 진희의 눈치를 살폈다. 가뜩이
나 의욕이 사라지고 있었던 진희가 더더욱 테니스에 정을 뗄
기색을 보일까 겁나서이다.

"…쿡."

영석은 나지막이 웃음 지었다.

잔뜩 찌푸린 진희의 얼굴에서 승부욕과 깨달음을 끝자락
을 움켜쥐었던 자의 아쉬움이 엿보였기 때문이다.

"이리 와서 안마 좀 해라."

최영태와 이유리는 등을 보이고 앉아서 아이들에게 30분

동안 안마를 시켰다.

그게 그들이 정한 내기의 상품이었다.

*　　　*　　　*

내기는 끝이 났지만, 시합이라는 형태의 레슨은 계속 이어졌다.

내기에 걸린 상품인 '안마 자유이용권'은 영석과 진희가 한 게임에서 두 포인트만 챙겨도 없어진다. 굉장히 간단한 조건이지만, 영석과 진희는 두 포인트를 딸 수가 없었다.

팡!

다다닥.

영석이 짧게 넘어온 공을 앞으로 달려가며 손목을 이용해 '걸어 넘겼'다.

쉬리릭.

나름의 회전수를 자랑하던 공은 철벽처럼 가로막고 있는 이유리의 벽을 넘지 못했다.

퉁— 하는 소리와 함께 영석의 공을 발리로 고스란히 받아 넘긴 이유리는 영석을 째려보며 외쳤다.

"자꾸 습관적으로 어프로치(Approach shot : 네트 가까이 다가서며 치는 스트로크)하지 말라고 했잖아! 어프로치는 과감해야 돼. 할 거면 추후의 전개까지 고려한 다음에! 안 할 거면 확실히 템포를 늦추고! 지금 자리!"

추상같은 호령이 코트를 아우른다.

영석은 기죽지 않고 배움에 목마른 사람처럼 눈을 반짝이며 이유리의 코칭을 받아들였다.

'내가 세계 최고였던 건 이 분야가 아니다. 같은 테니스지만 결코 같을 수 없으니 난 초보다, 초보다, 초보다.'

스스로에게 최면을 걸듯 다짐을 한다.

그러고 나면 마음이 제법 차분해지는 걸 느낄 수 있다.

가르침 또한 가뭄 난 땅에 단비처럼 느껴진다.

"도대체 어프로치를 한 후에 왜 그 자리에 있는 거야! 발리도 못 하는 자리, 스매싱도 할 수 없는 자리, 스트로크 또한 할 수 없는 그 자리! 데드존이라고 몇 번을 말해!"

호통을 치는 이유리의 등 위로 차가운 식은땀이 흐른다.

어울리지 않게 영석을 가혹할 정도로 몰아치는 것엔 나름의 이유가 있다.

'진희를 추켜세우고, 영석을 주로 혼내야 돼.'

최영태도 이유리의 뜻을 알고 있을 거다. 그리고 이 전략의 가장 중요한 인물, 영석 또한 심유한 눈빛으로 이유리의 눈을 마주한다.

'…역시, 알고 있구나.'

나이답지 않게 구는 걸 반복해서 보다 보니 어렴풋이 영석은 이 상황을 이해할 거라 생각했다.

굵게 일렁이는 감정의 파도가 이유리의 눈동자를 스치운다.

"코, 코치님."

가만히 서서 혼나고 있는 영석을 보며 안절부절못하는 사람은 진희뿐이었다.

차갑고 팽팽한 분위기에 적응하지 못한 이 여린 소녀는 발을 동동거리며 어쩔 줄 몰라 했다.

지금만큼은 하얗게 빛을 발하는 진희다. 그 모습에 내심 회심의 미소를 지은 이유리가 짐짓 진희의 말을 못 들은 척, 근엄하게 외쳤다.

"다시 하자. 이번엔 진희가 서브를 하고 그대로 후위에서 플레이, 영석이는 전위에서 네트플레이를 한다. 이번엔 잘 움직여야 될 거야. 가차 없이 혼낼 테니."

딱딱하고 틈이 없는 이유리의 목소리가 지엄한 명령이 되어 아이들의 몸을 움직이게 했다.

*　　　*　　　*

끼익, 끽.

"자, 이게 코트야."

언제 준비한 걸까.

자그마한 칠판을 최영태가 들고 있고, 이유리는 칠판에 코트를 그렸다.

작은 동그라미 네 개가 오밀조밀 모여 있다.

"복식은 독특한 형태의 테니스야. 단순하게 비교해서 설명해 줄게."

이유리가 보드마커로 단식 VS 복식이라는 글씨를 휘갈겼다.

"단식은 개인의 능력이 7이라면 전략이 3이야. 좀 더 빠르고 강하고 민첩한 사람이 유리하지. 어찌 보면 당연한 거야. 스포츠란 온당 그래야 하니까. 반면에!"

강하게 말을 끊은 이유리가 다시 칠판에 보드마커를 휘갈긴다. 끽끽거리는 소리에 거침이 없다.

말투도 거침없이 바뀌었다.

"복식은 반대다. 개인의 능력은 3이고 전략이 7이야. 전략이 결여된 복식조는 한 명만도 못한 두 명이 된다. 어째서 그럴까? 진희가 말해보자."

이유리의 지목을 받은 진희가 흠칫 하고 놀란다.

우물쭈물 손가락을 꼼지락거리는 폼이 제법 귀엽다.

"…받을 수 없는 공이 많아서……?"

"맞아. 진희는 똑똑하구나."

크게 고개를 끄덕인 이유리가 설명을 이었다.

나름의 칭찬에 진희가 머쓱한지 머리를 긁적이며 영석의 눈치를 힐금 살핀다.

"단순하게 생각하면 편해. 코트는 같은 크기인데 사람은 두 배다. 그럼 공은 두 배 이상으로 빨리 왔다 갔다 하게 되겠지?"

끄덕거리는 아이들이 병아리 같았다.

절로 삐져나오는 헤픈 미소의 끝자락을 간신히 부여잡은 이유리가 괜히 헛기침을 하며 계속해서 말했다.

"같은 시간에 두 배 이상으로 왔다 갔다 하는 공, 그만큼 늘어나는 경우의 수까지. 복식은 그래서 파트너와의 교감이 가장 중요해. 아니, 교감보다는 연습이 중요하지. 계속해서 같이 호흡을 맞춰야 한다."

"아까 제가 어프로치했던 건 확실히 무리수였네요. 그렇다면 전략은 어떤 식으로 짜는 게 좋을까요?"

영석이 손을 들고 물어봤다.

지금의 촌극 아닌 촌극이 진희를 위함이란 것은 진즉에 알고 있었지만, 이유리의 설명은 제법 시원스럽고 이해하기 편한 구석이 있어서 진심으로 궁금한 점을 질문한 것이다.

'머리로는 당연히 단식 같지 않을 거란 걸 알았지만, 실제론 더해… 이 기회에 나도 집중해서 배워야겠어.'

그 열의가 전해졌을까, 이유리가 시원스레 웃었다.

평소엔 부드럽고 상냥한 여자. 하지만 가르칠 때의 이유리는 군인 못지않았다.

"말로 가르칠 필요 없어. 시합, 계속 시합을 하면 된다."

*   *   *

"도착했다. 가서 밥 먹고, 일찍 잘 자라. 내일 보자."

최영태가 기사 노릇을 하여 빌라 정문에서 영석과 진희를 내려주었다.

"아이고, 삭신이야."

영석이 어울리지 않게 앓는 소리를 하며 능청을 떤다. 그러면서 살금살금 살피는 눈치는 진희를 겨냥한다.

"……."

석고상인들 이렇게 차갑고 딱딱하진 않을 거다.

진희는 묵묵부답이었다.

"진희는? 괜찮아??"

영석이 다시 용기를 내어 말을 건다.

들킬까 겁나 허리를 주무르는 척, 세차게 쥔 주먹을 등 뒤로 한다.

"…응."

스윽, 진희는 아주 조금만 몸을 틀어 영석과 눈을 마주하며 답했다.

진희의 눈동자, 그 기저에 깔린 건 영석에 대한 깊은 애정이다. 질투나 시기, 미움은 없다. 따뜻한 빛이 넘실넘실 흐른다.

하지만 그 위로 새까만 크레파스가 칠해진다.

알록달록, 다채롭게 빛나는 감정의 편린들이 무저갱 같은 검은색으로 덧칠해진다.

자학에 가까운 깊디깊은 구멍.

바늘구멍 크기에 불과했던 구멍이 눈 깜짝할 새 주먹만 하게 커졌다.

"…그래? 다행이네."

답하는 영석은 진희의 마음을 알 수 없다. 미루어 짐작할 뿐이다.

자연스럽게 영석의 목소리도 우울에 젖어들어 갔다. 진희가 잠시 흠칫했지만 다시 몸을 돌려 뚜벅뚜벅 걸어간다.

'나도 예전엔 저랬을까. 아니, 아니겠지. 우울과 절망은 사람의 수만큼 다양하니까……'

높지 않고 주기가 짧은 파도처럼, 영석의 눈동자가 꿀렁거린다.

회색빛으로 덧칠한 것처럼 보이는 진희의 뒷모습을 보며 영석은 스스로를 의심했다.

진희가 회색인 건지, 진희를 보는 영석 자신의 눈이 회색으로 물든 건지.

Chapter 6

플로리다에 가다

"미국 가라."

저녁밥을 먹고 있는데, 뜬금없이 부친이 영석에게 말한다.

영석이 화들짝 놀라 반문한다.

"미국요?"

"그래. 네가 그때 말했던 플로리다. 조금 알아봤더니 플로리다에 정말 테니스 아카데미가 있더구나. 그것도 한두 개가 아니더군. 각 아카데미엔 현역 세계 랭커들이 소속되어 있기도 하고, 여러모로 플로리다가 세계 테니스의 중심에 있는 것은 확실한 것 같다."

참 좋은 부모라고 영석은 생각했다.

하루하루 최선을 다해 살아왔지만, 타성이라는 바람에 조금씩 견고했던 다짐이 풍화될지도 모른다고 고민했던 영석에게 부친이 참으로 시의적절한 말을 해준 것이다.

"음, 단기 코스로 2주일을 가거나, 원한다면 1개월… 아니, 2개월 그 이상도 머물 수는 있다."

"제 나이에 혼자서 미국에 갈 수 있어요? 비용은 어떤데요? 비자는 어떻게 받아야 그렇게 머물 수 있나요?"

꼬치꼬치 캐묻는 영석에게 모친이 따끔하게 일침했다.

"영석이 네가 할 말은 '가겠다, 안 가겠다'뿐이야. 우리가 어떻게 준비해서 어떻게 보내는지는 영석이 네가 염려할 게 아니다."

늘 푼수 같은 모친이지만, 이렇게 단호하게 맥락을 짚어서 상대를 윽박지르는 경우가 왕왕 있다. 영석도 왕왕 그렇듯 잔뜩 주눅이 들었다.

"그럼 갈게요. 가야죠. 가고말고요. 우선은 한 달 정도만 갔다 오고 싶어요. 앞으로도 자주 가게 될 거니까요."

영석의 소심한 반격에 부모님은 피식 웃었다.

"그래. 결정했으면 짐 싸라. 내일 간다."

"내일요? 이제 겨울인데……."

"플로리다는 지금 가도 날씨 괜찮아. 알아들었으면 밥 먹고 짐 싸라."

오늘따라 영석에게 조금은 삭막하게 대하는 부모님이었지

만, 사실 부모님의 마음도 타들어간다. 정신은 어른이지만, 몸은 이제 11살인 애다. 안절부절, 어찌할 바를 모르겠으나, 아들과의 중요한 대화는 늘 사무적이고 논리로 접근하고자 한 부모님의 다짐 때문에 이렇게 딱딱한 말을 할 수밖에 없는 것이다.

영석은 그 말에 알았다고 대답하고 서둘러 밥을 먹고 짐을 싸기 시작했다.

심장이 터질 듯이 요동친다. 가면 또래들과 처음으로 시합도 하게 될 테고, 어쩌면 현역 프로와 공을 섞어볼 기회도 있을 거다.

'아참! 진희는 어쩌지?'

요즘의 진희는 어딘가 모르게 불안해 보였다.

이런 타이밍에 한 달이나 떨어져 있으면 안 될 것 같다는 직감이 들었다.

영석은 하는 수 없이 부모님께 말을 할 수밖에 없다는 사실을 알게 됐다. 그러나 웬걸.

"진희네 부모님과는 다 얘기해 놨어. 진희가 안 그래도 요즘 우울해한다고 걱정이 많더라. 이 기회에 바람도 쐬고 기분전환하는 거지. 그 나이에 해외로 가는 건 큰 경험 아니겠어?"

"그런데 애 둘만 보내는 거 안 불안하세요?"

"응? 왜 너희 둘이 가? 영애도 가는데."

"네??"

영석이 놀랐다.

또 이렇게 영애 이모는 보호자 역할을 자처하는 건가, 라는 감사와 미안함이 들끓었다.

"마침 플로리다 근처에서 세미나도 있고, 무슨 대학 병원? 그쪽이랑 교류 협약 같은 것도 맺으러 간다고 그러더라. 사실 그 일정에 맞춘 거야."

영석은 다행이라 생각했다. 일방적인 폐는 안 끼치는 것이기 때문이다.

*　　　　*　　　　*

15시간.

그 정도의 시간이 소요된다고 어른들이 얘기 나누는 걸 영석은 가만히 들었다. 직항이 없어서 경유를 해야 한다는 둥 이런저런 얘기들이다.

옆에선 진희가 졸린 눈을 비비며 영석의 팔을 붙잡고 있었다.

"졸려?"

영석이 머리를 쓰다듬으며 말하자 진희가 가만히 고개를 끄덕였다.

"조금만 있으면 비행기 탈 거야. 비행기 타봤어?"

"아니……."

영석의 질문에 진희의 표정에 설렘이 맺힌다.

아무리 조숙하다 해도 아이는 아이다. 난생처음 비행기를 타는데 설레지 않을 리가 없다.

영석은 물론, 전생에서 셀 수도 없이 해외를 많이 다녔다. 수많은 대회를 참가했고, 참가하는 족족 우승컵을 들어 올렸었다. 몸이 정상인 선수들만큼은 아니지만, 스포츠 브랜드들과 계약도 맺어서 최소한 스스로의 활동비는 스스로가 감당할 수 있었다.

'이번에도 할 수 있다.'

확고한 자신감을 붙들고 게이트를 향해 발을 옮겼다.

"승객 여러분, 이제 곧 도착 예정지인……."

기장의 안내 방송이 들리자 찌뿌둥한 허리를 부여잡은 영석이다.

앉는 게 아니라 누워도 될 것 같은 좌석이었지만, 너무나 장시간이었기에 온몸이 움직이고 싶다고 아우성이다.

"슬슬 진희도 깨워~"

영애가 푸석푸석한 얼굴을 거울로 확인하더니 허겁지겁 화장을 하며 영석에게 일렀다.

"일어나야지, 진희야."

영석이 옆자리에 앉은 진희의 몸을 살살 흔들며 깨웠다. 영석의 목소리에 눈을 끔뻑이기 시작하는 진희는 너무 자서 눈이 흐리멍덩했다.

"우웅… 다 왔어?"

하늘을 보며 우와우와 감탄을 한 10분 정도 했을까. 그 뒤로는 내내 잠만 잔 진희다.

"다 왔어. 으이구."

영석이 진희의 옷매무새를 정리해 주고 불편해서 풀어뒀던 안전벨트를 착용했다.

물론, 잠이 덜 깬 진희를 챙기는 것 또한 영석의 몫이었다.

"일단 안전벨트 매고 있어."

영애가 완벽히 단장을 하고 아이들에게 주의를 줬다.

곧 가벼운 진동과 소음을 동반한 착륙이 시작됐고, 비행기는 무사히 안착했다.

"날씨 좋네."

춥지도, 덥지도 않은 플로리다의 날씨다.

영애가 멀리서 손을 흔드는 외국인을 보더니 알은체를 하고 인사를 나눴다.

"일단, 오늘 바로 테니스 아카데미에 갈 건데… 괜찮아?"

"물론이죠."

영애가 뭐라뭐라 영어로 외국인과 대화를 나눈다.

신기하게도 영석은 거의 다 알아들었다. 진희는 영석보단 조금 공부가 부족해서 가끔 단어 몇 개만 알아듣는 수준이었다. 여하튼, 대화가 끝나자 외국인은 차를 끌고 왔다. 그리고 일행의 짐을 모두 트렁크에 싣더니 가자고 재촉했다. 가는 데

만도 2, 3시간은 걸릴 거라는 말에 영석이 살짝 이마에 주름을 잡았다.

'허리가 고생하는군.'

*　　　*　　　*

휑하다.

정말 휑하다는 말로만 이 풍경을 묘사할 수 있을 것 같다.

영석은 뭔가 엘리트 체육 시설을 상상하고 왔는데, 아카데미만 덜렁 있고, 그 주변은 끝없는 지평선만 보였다. 낡아빠진 호텔, 무인 주유소 등이 고즈넉하게 자리 잡고 있을 뿐이다.

"놀랍도록… 아무것도 없네. 군사시설도 아니고……."

영애가 가볍게 툴툴댔다.

그리고 영석과 진희를 이끌고 아카데미의 입구로 향했다.

경비원에게 간단하게 수속을 원한다고, 연락 줬던 사람들이라고 했더니 경비원이 목록과 쓱 대조하더니 통과시켜 줬다.

"우와!"

휑했던 외부와 달리 시설 내부는 놀랍도록 현대적이었다.

진희가 놀라서 감탄을 했다. 한국에서 레슨받던 곳도 대한민국 최고의 시설로 이름 높은 곳이었지만, 이곳은 건물들의 때깔부터가 달랐다. 2010년대를 살았던 영석이 보기에도 확실히 현대적으로 느낄 수 있는 건물들이 자리 잡고 있었다.

영애가 거침없이 일행을 이끌고 앞으로 나아갔다.

영석과 진희는 뭐든지 다 알고 있을 것 같은 든든함을 영애에게서 엿볼 수 있었다.

이윽고 한 건물 안에 들어가서 경비원에게 또 설명을 하고 사무실 안으로 진입할 수 있었다.

"주니어 육성 프로그램 4주 과정을 신청하고자 합니다."

영애가 말하자 사무직원이 고개를 끄덕였다. 진희는 외국인들이 신기한지 뚫어져라 직원을 쳐다보고 있었다.

"진희야, 그럼 실례야."

영석이 나지막이 주의를 주고 나서야 호기심 어린 눈길이 걷어졌다.

사무직원은 영애의 말에 프로그램의 과정을 전반적으로 설명해 줬다.

영석도 가만히 앉아 직원이 해주는 말을 들었다.

1. 기본적으로 숙식은 제공된다. 잠은 4인 공용 방을 쓰는 걸 원칙으로 한다.

2. 프로그램부터 식단까지… 거의 모든 부분에서 남녀가 구분된다.

3. 밥은 하루 세끼 제공, 그 외 필요한 영양 공급 또한 간식 형태로 주어진다.

4. 일대일 코칭은 물론이고, 아이들 간의 토너먼트 대회도 주

에 한 번씩 실시된다.

5. 기본적으로 코트는 50면을 보유하고 있으며 그중 주니어반
은 10면을 사용한다. 현재 이 프로그램을 신청한 아이는 영석과
진희를 포함하면 스무 명 남짓이다.

필요한 정보들이 영석의 머리에 차곡차곡 쌓였다.

'가만, 스무 명이라고……? 너무 적은 거 아닌가?'

명실공히 최고의 테니스 교육기관으로 손꼽히는 곳의 프로
그램에 꼴랑 스무 명이라니. 영석은 의문을 느끼고 질문했다.

"스무 명밖에 안 됩니까?"

자연스러운 영석의 질문에 사무직원이 흠칫하더니 답했다.

"지금 미국은 학기 중이고, 보통 이 시기엔 동양인들, 특히
일본인들이 많이 오죠. 가만 보자. 영석은 한국 사람이군요.
당연히 South Korea겠죠? 우리 기관이 설립된 이래로 최초의
한국인 수강생이 되겠군요! 축하합니다."

"하하, 네."

별로 축하할 일은 아닌 것 같다고 생각한 영석은 직원의 말
에서 괜찮은 정보를 얻었다.

일본인들이 많이 온다는 것이 바로 그것이다. 확실히 일본
은 한국에 비하면 테니스 인프라 자체가 차원이 다르다.

'뭐, 차원이 안 다른 종목을 찾기가 힘들긴 하지.'

10위권은 아니지만 나름대로 꾸준히 100위 안에 드는 세계

랭커들을 배출했던 일본이니 많은 도움이 될 터였다. 특히, 여자 테니스는 성과가 많았던 일본이기에 확실히 진희에게도 도움이 될 거라 생각했다.

"그밖에도 프로 진입을 목전에 둔 지망생들도 있죠. 15살에서 20살까지 연령도 다양합니다."

직원의 말에 영석이 눈을 빛냈다.

"그들과 공을 섞어볼 기회는 있을까요?"

당돌한 질문에 사무직원이 멈칫하더니 답했다.

"그건 영석, 당신이 어떻게 하느냐에 따라 다르겠죠? 그들은 프로로 먹고살아 갈 작정을 한 사람입니다. 그들에게 득이 된다면 얼마든지 겨뤄볼 수 있겠죠."

"네, 알겠습니다."

영석은 기대감을 품었다.

눈은 차갑게 가라앉고 입꼬리를 슬쩍 말아 올린 소름 끼치는 투지가 뿜어져 나왔다.

'무슨 눈이…….'

사무직원은 무섭도록 차갑게 불타는 영석의 안광을 마주하고 소름이 끼쳤다.

수년의 경험에 비추어봤을 때, 이 아이는 성공할 확률이 높다고 생각됐다.

*   *   *

"영석아, 이모가 앞으로의 일정을 가르쳐 줄게."

사무실을 나와 안내를 하겠다는 사무직원을 잠시 멈춰 세우고, 영애가 영석의 눈을 마주하며 단단히 일렀다.

"이모는 다음 주에 한국으로 귀국해야 돼. 그러니까 주말에 마지막으로 여길 들러서 너희 잘 있나 보고 나는 돌아갈 거야. 아까 알아보니까 이메일 서비스도 된다고 하니까, 매일매일 네 엄마 아빠랑 진희네 부모님, 그리고 나한테 이메일 보내줘. 4주 차로 접어들면 네 부모님이 여기에 와서 같이 귀국하게 될 거야. 안전 문제나 건강 문제는 철저하게 여기서 체크한다고 하니까 걱정 말고."

영애는 빠르게 말을 쏟아냈다. 아이 둘을 남기고 가는 게 조금은 걱정인지, 동공이 잘게 떨린다. 영석이 영애의 손을 꽉 잡고 말한다.

"걱정 마세요, 이모."

그런 영석의 의젓함에 피식 웃은 영애는 진희를 보고 다가가서 꼭 안아줬다.

"진희야, 진희가 누나니까 영석이 잘 챙겨줘야 한다."

진희에게도 영애는 너무나 가까운 어른 중 한 명이라 거부감 없이 영애를 받아들였다.

"네. 제가 잘 챙겨줄게요."

영애가 진희의 머리를 쓰다듬고는 영석에게 가서 조용히 말했다.

"너는 괜찮을 거라 생각되지만, 진희는 정신적으로 힘들어할 수 있어. 영석이 네가 빈틈없이 보살펴야 해. 향수병, 언어 문제 같은 걸로 스트레스받을 수 있으니까 지금까지 했듯이 잘 챙겨줘."

"그게 제 임무인걸요, 뭘. 걱정 마세요, 이모."

"요 애늙은이~!"

영애가 영석도 품에 안고는 말했다.

"여기가 기숙사 건물입니다."

영애가 훌쩍 가고 나서 사무직원의 안내를 받으며 영석과 진희는 기숙사 건물에 도달했다.

똑같이 생긴 건물이 두 개 우뚝 서 있었다. 1층엔 경비원들이 눈을 번뜩이며 소임을 다 하고 있었다. 놀라운 건, 여자 기숙사는 여성 경비원이 머물고 있다는 점이다.

"여기 경비원들은 대부분 군부대 출신들로 구성되어 있죠. 저기 보이는 여자 경비원은 현역 때 특수부대원이었습니다. 이 아카데미에서 그녀를 이길 수 있는 존재는 없으니 참 든든하죠. 하하."

영석의 눈길에 예민하게 반응하여 사무직원이 답했다.

영석은 크게 고개를 끄덕이며 안도했다.

'이 정도면 괜찮군.'

"식사 때는 어떻게 먹습니까?"

영석의 질문에 사무직원이 친절히 답했다.

이상하게 아이지만 어른의 풍모가 보여 조금 대하기 어렵다는 생각이 들었지만, 이내 마음속에서 털어냈다.

"하나로 연결된 지하에서 식사를 하게 됩니다."

사무직원의 답에 진희가 남몰래 가벼운 안도의 한숨을 내쉬었다.

"우선, 짐을 풀고 시설을 안내하도록 하겠습니다. 영석은 저랑 같이 가고, 진희는… 헤이! 제시!"

직원이 손을 크게 흔들며 부르자 1층에 있는 여성 경비원이 천천히 걸어왔다.

뚜벅뚜벅 천천히 걷는데, 순식간에 일행의 앞에 당도한 그녀를 보고 영석은 놀랐다.

'무슨… 기운이 이래?'

180㎝에 가까운 키, 경비복을 입었음에도 유추할 수 있는 몸의 탄탄한 굴곡, 깔끔한 헤어스타일과 무저갱같이 깊은 눈… 성별을 떠나서 '이길 수 없겠다'라는 마음이 절로 솟는 여자였다.

"오늘부터 한 달 동안 아카데미에 머물 주니어들이야. 이쪽 레이디는 진희. 자네가 방까지 안내해 주면 좋겠네."

제시가 진희를 멀뚱히 바라보다 엷게 미소를 띠운다. 신기하게도 그 정도의 미소로 얼굴에 훈풍이 돈다.

번쩍.

진희의 짐을 가볍게 한 손으로 다 든 제시가 뚜벅뚜벅 건물을 향했다.

"어서 따라가, 진희야. 짐 풀고 다시 나와서 만나자."

"응!"

영석의 채근에 진희가 황새를 좇는 뱁새처럼 도도도 달려간다.

영석은 그런 진희의 뒷모습을 푸근하게 웃으며 보다가 사무직원에게 눈짓으로 가자고 전했다.

＊　　　＊　　　＊

'호오……'

앞으로 자신이 머물 방을 본 영석은 가볍게 감탄했다.

산뜻하면서도 실용성을 강조한 인테리어가 영석의 마음에 쏙 들었다.

"뭐 하는 중입니까?"

방에서 아이들이 책상 앞에 앉아 뭔가를 끄적이고 있는 걸 보게 된 영석이 물었다.

"아카데미에서 유일하게 의무적으로 해야 하는 일입니다. 스스로의 컨디션과 동기(動機)의 단계를 매일매일 체크하는 겁니다. 1에서 5까지의 레벨 중 본인이 해당하는 숫자에 체크하는 거지요. 물론 5가 가장 긍정적인 수준입니다. 언제 어느 때고 상관없지만, 반드시 하루에 한 번은 해야 합니다."

"스스로 그걸 체크합니까?"

영석이 신기한 듯 물었다.

"물론이죠. 아직은 모르겠지만, 만약 프로를 지망한다면 스스로의 상태를 객관적이고 냉정하게 판단할 수 있는 능력은 테니스 선수에게 꼭 필요하거든요."

직원의 설명에 영석이 납득했다.

'그렇군. 어찌 보면 당연한 건가?'

"자, 이제 나갑시다. 저녁 식사 전엔 다 돌아봐야 하니까요."

사무직원의 독촉에 영석은 짐을 침대에 훌쩍 던져놓고는 밖을 향했다.

밖에는 진희와 제시가 기다리고 있었다.

진희의 표정이 밝은 것으로 보아 룸메이트들이 괜찮았나 보다고 생각하며 영석은 안도했다.

"자, 이제 코트로 가죠."

미국에 와서인지, 진희가 영석의 팔을 꼭 붙들었다.

얼굴이 분홍빛으로 상기된 걸 보니 새로운 환경이 퍽 즐거운 것으로 보인다.

"와!!"

"오……."

푸른색이 눈을 찌를 듯 안구를 시리게 파고든다.

놀라는 영석과 진희를 보며 사무직원이 자랑스러운 듯 말한다.

"여기는 하드 코트 스무 면입니다. 보시다시피 관리가 잘돼서 세계 여러 대회장의 코트와 비슷한 느낌을 받을 수 있을 겁니다."

"직접 코트를 밟아봐도 될까요?"

영석의 질문에 사무직원은 당연하다는 듯 고개를 주억거렸다.

물컹.

냉큼 코트로 내려가 발을 디뎌보자, 카펫처럼 물컹하며 발이 쑥 빠지는 느낌이다.

그럼에도 묘한 반발력이 있다.

영석은 옆에 굴러다니는 공 하나를 집었다. 아주 새것은 아니지만 공의 수명이 다한 건 아니다. 공을 코트에 툭 튕겨봤다. 놀랍게도 물컹한 코트 면임에도 공이 잘 튀어 올랐다.

'이게 진짜 하드 코트지.'

영석은 흡족했다. 진희도 어느새 따라 내려와 쿵쿵거리며 발을 찍어본다. 아마 몇 겹의 구조를 가진 최고의 하드 코트일 것이다. 이 정도의 코트라면 관절에 가해지는 충격은 걱정 안 해도 되겠다 싶다.

"그건 연습구고, 주말마다 개최되는 토너먼트가 열릴 때는 시합구를 사용합니다. 물론 새것이죠. 테니스 용품 회사와의 계약을 통해서 필요한 용품들은 넘치도록 많으니까요. 자, 그럼 다음 장소로 이동하죠."

"아, 저기……."

영석이 조심스러운 어조로 막 몸을 돌려 걸어가려는 직원을 불러 세웠다.

"네?"

"…아카데미는 나중에 둘러보면 안 될까요? 비행기를 오래 탔더니 몸이 답답해서요. 바로 레슨이 가능하다고 하면, 그러고 싶은데……."

말끝을 흐리며 영석이 진희에게 눈빛으로 동의를 구했다.

마침 진희도 답답했는지, 흔쾌히 고개를 끄덕였다.

"흐음……."

사무직원이 잠시 고민에 빠졌다.

"그러지 마시고, 마침 내일이 토너먼트가 열리는 토요일이니, 여러분도 참가하시는 게 어떨까요? 오늘은 여기까지만 안내받는 걸로 하고요."

사무직원의 제의는 도발적이었고, 꽤나 유혹적이었다.

낯선 환경에서 스스로를 줄 세워보는 작업은 냉혹하지만 익숙해져야 할 일이다.

스포츠라는 건, 냉혹해야 가치가 있는 법이다.

"……."

직원의 제의에 영석이 진희를 살폈다.

초식동물 같은 진희의 눈 속에 일렁이는 불꽃은 분명 '투지'
였다.

씨익 웃은 영석이 답했다.

"그렇게 하죠."

호쾌한 영석의 승낙에 직원도 활짝 웃으며 답했다.

"자, 맛있는 저녁밥을 먹으러 갑시다!"

                    *   *   *

'후우……'

불 꺼진 방에서 영석은 천장을 보며 누워 있었다.

저녁 식사는 훌륭했다. 양질의 돼지고기, 쇠고기 등 종류가
수 가지나 되는 육류를 마음껏 고를 수 있었고, 영양의 균형
을 위해 채소는 의무적으로 일정한 양을 섭취해야 했지만, 너
무 맛있어서 깜짝 놀랐으니 말이다. 그 외에 종합 비타민 건강
식품도 제공됐다.

영석은 저녁을 먹고선 진희와 마주 앉아 회의를 했었다.

"진희야, 내일부터 본격적으로 아카데미 생활을 할 텐데…
괜찮겠어?"

영석의 질문에 진희가 난처한 듯 웃었다.

진희 입장에선 이제껏 영석을 따라 공부하고, 영석을 따라

운동했었기 때문에, 주체적으로 생각하기에 조금 곤란한 면이 있는 것이다.

"아니……."

영석은 그런 진희를 뻔히 바라봤다.

지금까지는 자신이 끼고 살다시피 하며 모든 걸 가르쳤다. 공부, 운동, 독서, 생각하는 습관 등 진희의 모든 것에 영석 자신의 의지가 미치지 않는 영역이 없는 것이다. 하나 지금부터는 달라야 한다. 진희도 이제 곧 14살이 되고 중학생이 되는 시기다. 흔히 말하는 '진로'의 갈림길이 나타나는 시기인 것이다.

영석이 아무 말하지 않자 진희가 조심스럽게 입을 연다.

"나도 요즘 이것저것 생각 많이 하고 있어. 내가 하고 싶은 게 뭔지, 선수가 될 수 있을지, 뭘 택할지… 그런데 생각을 해도 답이 안 나와서… 미국까지 와본 거야. 난 영석이 너처럼 한결같은 사람이 아닌가 봐."

"아니야, 그게 정상이야. 그게 맞는 거고. 난 그냥 테니스가 너무 좋아서 이렇게 사는 것일 뿐이야. 진희 네가 잘못된 게 아니라 내가 이상한 거니까 그런 걱정은 하지 마. 그리고 네가 뭘 선택하든 난 평생 널 응원할 거야."

영석의 격려에 진희의 얼굴이 붉게 달아오른다.

"그럼… 일단은 너랑 똑같이 살고 싶어."

진희의 수줍은 말에 영석이 기껍게 웃으며 답했다.

"그래. 그럼 일단은 이 4주를 재밌게 보내자. 다음 주에 한

번 더 둘이 아카데미를 돌아다니고 스케줄 맞춰보자."

영석이 진희의 머리를 쓰다듬으며 몸을 일으켰다.

참으로 오랜만의 정신적인 스킨십이다.

"참, 방에 같이 있는 애들은 어때?"

영석의 물음에 진희가 난처하다는 웃음을 띠었다.

"다들 영어 조금씩밖에 못 해. 미국인이 없나 봐. 그래서 더 재밌는 것도 있는데… 보디랭귀지지 뭐."

"그래도 영어로 듣거나 말하는 건 괜찮지?"

"응. 아주 안 들리는 건 아니야. 말하는 것도 그냥 집에서 공부하듯 하면 되니까… 괜찮아. 걱정 마."

"그래. 그럼 내일 아침에 아까 밥 먹었던 자리 있지? 거기서 또 보자. 일찍 자고."

그렇게 방금 전의 일을 회상하던 영석은 피곤이 갑자기 몰려오는 걸 느꼈다. 급작스럽고 강렬하게 찾아온 수마에 영석은 별다른 저항을 하지 못하고 잠에 빠져들었다.

*   *   *

새벽 다섯 시.

영석은 어쩐 일로 평소보다 더 일찍 눈을 떴다.

아니, 뜰 수밖에 없었다.

시합이라는 단어가 주는 울림은 영석의 심장을 마구 두들

졌다.

어제 직원에게 들기론, 엔트리에 등록된 선수가 남자가 9명이고 여자가 11명이었다.

작은 토너먼트지만, 영석에겐 부모님을 설득하기 위해 참가했던 대회 이후로 실로 오랜만에 맞이하는 시합이었던 것이다.

'빨리 뛰고 싶다.'

이상하게 심장이 빨리 뛰고, 피로가 없다.

등골이 찌릿하게 울리며 뇌가 곤죽이 될 정도로 흥분으로 가득 찼다.

'여기서부터 최고가 되어야 한다.'

영석은 주먹을 꽈악 쥐며 다짐했다.

아직 어린 몸이지만 팔과 등의 근육들이 꿈틀대는 게 선명하게 보였다.

아침밥을 어떻게 먹었는지, 진희와 무슨 대화를 나눴는지 기억이 전혀 나질 않았다.

모든 정신을 한곳으로 모으고 있었기 때문이다.

바로 이 순간을 위해서.

코치들이 지켜보는 가운데 시작된 토너먼트.

영석은 1회전을 맞이했다. 코치 한 명이 심판석에 올라 앉아 있었고, 시합 개시를 알렸다. 시합은 3세트 2선승제다. 한 명이 부전승으로 1회전을 건너뛰고, 총 일곱 경기가 이뤄지게 된다.

'결승까진… 앞으로 세 시합이군.'

그 전에 떨어질 거란 생각은 추호도 하지 않는 영석이다.

여자부에선 진희가 부전승으로 1회전을 건너뛰게 돼서 벤치에 앉아 영석을 응원할 준비를 하고 있었다.

"3세트 매치! 이영석 서비스 플레이!"

시합 개시를 알리는 심판의 말이 나지막하다.

통. 통.

숨이 막힐 것 같은 적막감이 코트를 가득 메웠고, 영석은 서브를 준비했다.

상대방은 당연하게도 서양 아이였고, 영석보다 한두 살 더 많아 보였다.

"후읍!"

토스를 하고 영석이 숨을 가득 머금는다.

토스가 된 공을 날카롭게 바라보던 영석이 온몸의 탄력을 이용해 공을 강하게 내려쳤다.

팡!

'와이드로 준다.'

영석의 의도에 맞게 플랫 서브가 좋은 코스로 들어간다.

잘 들어갔음에도 상대방은 자신감 있게 포핸드로 리턴을 했다.

"아웃!"

심판의 콜이 이어졌다. 아웃이었지만 영석이 생각하기에 좋은 시도였다.

다시 영석의 서브가 이어진다. 이번에는 애드 코트(왼쪽)에서다.

'포핸드는 제법 잘하는군. 그럼 이번엔 백이다.'

영석의 퍼스트 서브가 다시 와이드로 들어갔다.

상대방은 백핸드가 조금 약했는지, 어설픈 리턴을 했다. 딱히 코스를 논하기엔 지리멸렬한 리턴이었다.

영석은 그걸 놓치지 않았다.

타닥, 탁.

마치 날아다니는 것 같은 깃털을 보는 듯, 영석의 유려하며 산뜻한 스텝이 이어지고,

백핸드가 불을 뿜었다.

쾅!

크로스로 강하게 때려 친 백핸드가 예리하게 꽂혔다.

상대방 선수의 안색이 조금 창백해졌다.

'이걸로 멘탈이 무너진다고? 이제 시작인데?'

영석은 너무나 신났다.

휠체어를 끌며 공을 칠 때, 머릿속에서 늘 상상했던 발이 건재한 자신. 그것을 지금 그대로 실현하고 있으니 신이 안 날 수가 없는 것이다.

'조금 더! 반항을 하란 말이야!'

맥이 빠진 리턴이 이어지자 영석은 용서 없이 모든 공을 후드려 깠다. 첫 시합이 이렇게 맥이 없는 게 조금 아쉬운 것이다. 그렇게 일방적인 학살이 계속되자 코트는 삽시간에 우울한 긴장감이 가득했다.

"게임 세트 엔드 매치 원 바이 이영석 카운트 6 : 0, 6 : 0."

"뭐?!"

심판의 말에 영석은 어이가 없었다.

'벌써?'

전광판을 보니 6 : 0, 6 : 0이라는 표시가 선명했다.

상대방이 터벅터벅 걸어서 네트 앞까지 온다. 영석도 네트 앞까지 달려갔다. 시합이 끝나면 이렇게 악수를 하는 것이 관례였다.

'울어?'

영석은 상대방을 보고 놀랐다.

눈물 자국으로 엉망인 얼굴, 눈물이 뿌옇게 차오른 눈, 그리고 피로 범벅인 입술까지……

영석과 악수를 나누는 손이 부들부들 경련했다. 라켓을 집어 던지고 발악하고 싶은 기분이 영석에게까지 전해져 왔다.

예전의 꼬맹이처럼 라켓을 휘두르진 않을까 순간 긴장했지만, 상대는 그저 얌전히 악수를 청할 뿐이었다.

"수고했습니다."

영석이 담담하게 말했다.

의기소침한 것보다 분함을 표시하는 게 선수로서 자질이 있다는 뜻이다. 굳이 그걸 토닥일 필요는 없다.

그렇게 영석의 기대와는 다른 첫 시합이 끝났다.

"으쌰!!"

코트에 가녀린 여성의 목소리가 쩌렁쩌렁 흘러나온다.

진희의 목소리다.

'쟤가 소리를 다 지르다니……'

가뿐하게 2회전도 압살한 영석이 진희의 경기를 관람하고 있다.

진희는 평소의 온순함이 온데간데없이 사라지고, 굉장히 전투적인 모습을 보였다.

힘도 어찌나 좋은지 포핸드와 백핸드의 타구음이 경쾌하기 그지없다.

발리는 또 얼마나 환상적인지. 마치 공을 손으로 잡고 던지는 것처럼 다양한 코스로 공을 뿌려대는 게 놀라울 따름이다.

"게임 셋!"

스코어는 6 : 4, 7 : 5다.

'선수 해도 되겠는걸……'

객관적으로 봐도 진희는 다른 또래 선수에 비해 우수한 편인 것 같았다.

* * * * * *

다음 날.

나란히 준결승전에 진출한 영석과 진희는 결승전까지 무난하게 도달했다.

영석은 모든 시합을 6 : 0, 6 : 0으로 압도하는 모습을 보였고, 진희는 7 : 5, 7 : 5로 겨우 상대방을 눌렀다. 그리고 드디어 결승전이 시작됐다. 먼저 남성부부터 시합이 개시됐다.

'맥 빠지는군……'

영석이 이번 토너먼트를 겪으며 느꼈던 심정이다.

지금 결승전의 상대방도 영석에겐 역부족이다. 시합이 시작되기 전부터 영석에게 압도되었다. 영석 본인과 진희를 제외한 주니어 코스의 18명 모두가 영석에게 일종의 '벽'을 느꼈던 것이다.

잔뜩 겁먹은 서브가 들어왔다.

'이런 걸 서브라고……'

영석의 특기인 백핸드로는 철저히 공을 보내지 않았지만, 그렇게 공을 준다면 오히려 선택의 가짓수가 적어지는 영석에겐 환영할 일이다.

펑!

포핸드로 상대방의 발밑에 공을 찔러주곤 득달같이 네트로 달렸다. '리턴 & 대시'다.

작은 몸의 영석이 달려오는 모습에 상대방은 패싱(네트로 접근하는 선수의 양옆으로 공을 넘기는 것)을 생각지도 못하고 공을 띄운다. 로브로 피해 갈 셈이다.

'어설프다.'

공을 띄우는 걸 보자마자 고개를 들어 공을 본 영석은 빠르게 백스텝을 밟아 낙하지점을 찾았다. 그리고 이어지는 스매시.

펑!

상대방은 뛰어가서 받을 생각도 안 하고 고개를 절레절레 젓는다.

'하기 싫으면, 빨리 끝내주지.'

그렇게 한 세트를 6 : 0으로 압도하자 상대방은 기권을 선언했다.

'넌 선수 하지 마.'

무슨 일이 있어도 한 게임을 따내겠다고 달려들진 못할망정, 기권하는 상대의 모습에 영석은 큰 실망감을 느꼈다. 기분이 좋지 않아 악수도 거부하고 벤치로 가서 앉았다.

움찔.

다들 영석이 다가오자 홍해처럼 갈라지며 자리를 피한다. 영석의 심기가 불편한 점도 그렇고, 워낙 압도적인 기량 때문에 자연스레 피하게 된 것이다.

'왜 영태 코치님이 시합을 안 시켰는지 알겠군.'

한국에서 레슨을 받을 적, 영석은 은근슬쩍 최영태에게 시합을 주선해 달라고 언질을 줬었지만, 최영태는 단호하게 거부했었다.

'이 아이들은 일단 즐기기 위해 테니스를 했던 거야. 기량이 어떻고 간에 아직은 선수라는 자각이 없는 거지. 그에 반해 나는 성인이다. 이기는 게 지상 최대의 과제라는 생각을 갖고 있으니… 시합 자체가 될 리가 없지.'

짝!

영석은 스스로 뺨을 치고는 기분 나쁜 생각을 털어냈다.

여성부에서 진희의 결승전이 시작됐다.

"진희 이겨라!"

*   *   *

"흑……."

"우, 울지 마, 진희야. 다음엔 이길 수 있어."

영석이 진땀을 흘리며 안절부절못하고 있다.

여성부 결승전은 2 : 6, 6 : 4, 5 : 7, 6 : 2, 5 : 7로 접전 끝에 진희가 패배했기 때문이다.

진희는 가진 바 모든 능력을 쏟아부어 경기에 임했지만, 상대방 여자아이가 너무 잘했다.

'너도 생애 첫 시합이었으니……'

고개를 파묻고 우는 진희를 바라보며 영석은 진희의 감정을 이해했다.

난생처음 시합했고, 몇 번을 이겨서 결승전에 올랐을 때는 하늘이 날아갈 것 같은 기분이었을 거다. 결국 졌지만, 너무나 분하고 후회되는 감정도 있을 것이다. '왜 그때 그 선택을 했을까……' 같은, 선수로서 당연하게 품어야 할 분노와 후회다.

"괜찮아……."

영석이 계속해서 위로했다.

조악한 우승 메달 같은 건 진즉에 가방에 처박아뒀다.

Chapter 7

이론과 실제
(Theory and Practice)

"네?"

영석이 놀라 반문했다.

유들유들한 얼굴의 사무직원이 그런 영석에게 다시금 설명해 줬다.

"주니어 코스가 나이대별로 있다고 설명했습니다."

직원의 설명은 이렇다.

7~13세 반, 14~17세 반. 18세 이상의 반. 이렇게 총 셋의 반이 있다는 것이다.

특히 위로 올라갈수록 프로에 가까운 아이가 많다. 영석은 다음 주부터 14~17세 반에 들어가서 훈련과 토너먼트를 겪어야 된다는 말을 했다. 이런 경우는 이례적이지만, 그렇다고 아주 없는 상황은 아니라는 게 코치의 설명이다.

"알았습니다. 그렇게 하죠."

안 그래도 일전의 토너먼트에서 너무나 큰 실망을 했던 영석에게 직원의 제안은 참으로 반길 만한 것이다.

"아, 그리고… 영석 군이 괜찮으시다면, 몇 가지 코치진의 요구를 수용할 수 있을지 물어보고 싶습니다만……."

"어떤 요구죠?"

"머리부터 발끝까지 모든 신체 능력을 측정하는 것입니다. 눈, 심폐기능을 비롯해서 테니스에서 요구되는 모든 능력을 측정하고 싶다고 합니다. 알아두면 당사자도 좋을 거라 생각하고요."

"좋습니다. 그것도 받도록 하죠."

직원은 만족한 듯 고개를 크게 끄덕였다.

"일단은 저번에 이어서 아카데미의 주요 시설을 설명해 드리도록 하겠습니다."

영석과 진희는 설렘을 안고 사무직원을 따라갔다.

발이 푹푹 들어갈 정도로 질이 좋았던 하드 코트 부지에서 50미터 정도도 가지 않아 또다시 영석과 진희의 눈을 호강시켜 주는 코트가 모습을 드러냈다.

"오."

눈앞에 펼쳐진 절경에 영석은 감탄할 수밖에 없었다.

붉은색 일색의 클레이 코트(Clay court) 스무 면이 자리 잡고 있었다.

"하드 코트와 마찬가지로 클레이 코트도 스무 면이 있습니다. 마찬가지로 최고 수준의 코트라고 자부하고 있습니다. 아, 내려가서 확인하셔도 좋습니다."

영석과 진희는 후다닥 내려가서 코트를 몸으로 느꼈다.

영석은 발을 몇 번 통통 풀더니 무서운 속도로 달렸다. 그리고 급정지를 해봤다.

촤아아아악—

영석의 흔적이 타이어 자국처럼 길게 남으며 쭈욱 미끄러졌다.

'클레이 코트는 이 맛이 있다고 했지. 2010년을 넘으면서 클레이 코트를 대회의 공식 코트로 인정하는 경우가 많았어. 이 정도면 최고의 코트다. 하드 코트 스물, 클레이코드 스물… 총 50면이 있다고 했으니 나머지 10면은 잔디와 인도어(Indoor) 코트겠군.'

영석의 짐작처럼 그 뒤로는 잔디 코트가 일행을 반겼다.

"세계적인 추세에 맞춰 잔디 코트는 그 수가 적습니다. 메이저의 윔블던이 있다고 해도, 잔디는 관객들의 만족도에서 떨어지니까요."

사무직원의 설명이 이어졌다.

"그러나 품질만큼은 윔블던 못지않게 관리합니다. 완벽한 손해에 가깝지만, 그래도 아카데미의 입장에선 유지를 해야 하는 게 맞으니까요."

'그렇지.'

사무직원의 말이 맞았다.

앞으로의 추세는 하드 코트와 클레이 코트다. 특히 클레이 코트는 공이 한번 바운드되면 속도가 급격하게 줄어들어서 관객 입장에선 보다 긴 '랠리전'을 즐길 수 있다. 나중에 하이라이트 영상에선 3, 4분이 넘는 랠리전도 심심찮게 볼 수 있었다.

마지막으로 일행은 인도어 코트에 도착했다.

인도어는 말 그대로 실내에 자리 잡은 하드 코트다. 보통 한 해를 마무리하는 왕중왕전을 인도어에서 펼친다. 잔디 코트보단 공의 속도가 조금은 늦지만, 야외의 하드 코트보다는 조금 더 빠르고, 무엇보다 환경적인 변수가 없어서 선수들의 기술도 화려하게 펼쳐진다.

"모두 훌륭하군요."

영석은 크게 흡족했다.

자신이 삼십 대였던 시절의 한국보다도 90년대의 플로리다 시설이 훨씬 훌륭하다.

어서 빨리 이 코트들을 누비며 실력을 키우고 싶다는 열망이 마음속에 가득 찼다.

"아직 몇 곳 더 들러야 합니다. 서두르죠."

사무직원은 조금 지쳐 보이는 것 같았다.

"네, 어서 가요."

그 뒤로 방문한 곳은 헬스 트레이닝 시설이었다.

너무나 넓은 실내에 온갖 운동기구들이 자리 잡고 있었다.

"기본적으로 상주하고 있는 트레이너가 서른 명가량 됩니다. 이들의 엄격한 지도를 통해 육체를 단련시키는 곳입니다. 철저하게 '테니스'만을 위한 단련이니, 다른 GYM들과는 조금 다른 기구들이 많습니다."

그 뒤는 수영장을 봤다.

25미터짜리 레인이 스무 개가 넘었다.

"헬스 트레이닝 시설과 마찬가지로 이곳 또한 본인의 자유 의지로 참가 여부가 결정됩니다. 각종 영법에 통달한 코치 열 명이 상주하고 있습니다."

영석은 이쯤 되니 이 아카데미가 도대체 참가자들에게 어느 정도의 금액을 받아야 이 시설을 유지할까 걱정됐다. 부모님이 아무리 대한민국의 상류층이지만, 영석은 선수로서의 '감'이 있다. 아마 4주에 수백만 원은 될 것이다. 진희네의 자세한 부(富)는 잘 모르겠지만, 상당한 부담이겠다는 염려가 들었다.

그렇다고 아카데미가 폭리를 취하는 건 아니다. 시설 관리부터 트레이너와 코치들까지… 어마어마한 유지 비용이 들어갈 것이다.

"괜찮아."

영석의 표정이 조금 군자 진희가 뜬금없이 말한다.

"뭐가?"

영석이 식겁하며 대답했다.

"부모님이 이 정도는 해줄 수 있다고 하셨어. 영석이 때문에 나까지 와서 집에 부담되는 거는 절대 아니니까 걱정 마."

"……."

한없이 어린아이 같다가도 영석과 관련한 일이라면 부모님과 버금갈 정도의 통찰력을 갖고 있는 진희다.

'독심술도 아니고……'

영석이 가볍게 툴툴거렸다.

"다음에 들를 곳이 아카데미의 마지막 시설입니다."

어찌나 아카데미가 넓었는지, 영석과 진희는 혀를 내두를 수밖에 없었다.

그런 둘을 이끌고 사무직원이 간 곳은 컴퓨터로 가득한 사무실이다. 각각의 컴퓨터에는 영석과 진희의 또래부터, 거뭇한 콧수염이 자리 잡은 청년들까지 상당히 많은 수의 선수들이 땀에 범벅인 옷을 입은 상태로 뚫어져라 모니터를 지켜보고 있었다. 그리고 코치들로 보이는 어른들 몇몇이 계속해서 돌아다니며 선수들과 정신없이 말을 주고받는다.

"여기는 자신의 폼을 볼 수 있는 곳입니다."

"폼이요?"

영석의 질문에 사무직원이 씨익 웃으며 답한다.

시설들을 소개하면서 늘 자부심이 넘쳤지만, 지금의 자부심은 오늘 중 최고다.

"모든 코트에는 CCTV가 있습니다. 그걸로 매일매일의 훈련과 시합을 촬영하고 있습니다. 선수는 마찬가지로 자유의지로 이곳에 방문해서 자신의 폼을 체크해 볼 수 있습니다. 파일은 여기 있는 직원들이 선수 개인별로 정리해 놓기 때문에 편리하게 자신의 것만을 볼 수 있습니다. 또한 찍은 각도가 각기 다르기 때문에 다양한 시각으로 자신을 체크할 수 있습니다. 다른 선수들의 동의가 있으면, 다른 선수들의 폼 또한 참고할 수 있습니다. 또한 이곳엔 멘탈 코칭도 이뤄지고 있습니다."

"……."

영석은 이번에야말로 진심으로 놀라서 할 말을 잃었다.

그게 정말 이 시대에 가능한 일인지, 그런 발상은 어떻게 했는지 놀랍기 짝이 없었다.

사무직원은 그런 영석의 반응에 득의양양한 표정을 지었다. 최후에 이곳을 소개하면 모두들 압도되고 경탄하기 바쁘다. 제대로 테니스를 즐기고 싶은 이에게 이처럼 축복받은 환경은 없는 것이다.

"오늘 소개해 드린 모든 시설은 계속 말씀드렸다시피 선수 개개인의 '자유의지'로 이용하는 겁니다. 필요하다고 생각하는 모든 것은 개인이 코치나 트레이너에게 요구해야 합니다. 물론, 저희가 기본적인 스케줄은 제공합니다만, 그것을 어떻게 변형시키든 저희는 간섭하지 않습니다. 영석, 진희. 테니스는 거의 모든 것을 '홀로' 이겨내야 합니다. 그래서 저희 아카데미는 '자주성'을 표방하는 겁니다."

"무슨 말씀이신지 알겠습니다."

영석은 고개를 끄덕이며 동의했다.

"이런, 설명하느라 너무 신나서 주제넘은 말을 한 것 같네요. 여러분을 보니 선수 생활 때가 생각나서… 하하."

"프로 생활 하셨습니까?"

영석이 의외라는 듯 입을 열었다. 사무직을 하고 있는 모습을 보고 영락없이 문외한인 줄 알았다.

"700위권에서 머물렀던 경력이 전부인 별 볼 일 없는 선수였지만요……."

사무직원이 뒷머리를 긁적이며 쓰게 웃었다.

영석은 표정을 굳히며 생각했다.

'테니스 선수를 꿈꾸는, 혹은 정상을 꿈꾸는 선수들은 수십만 명에 달한다. 각자의 사정과 환경에 따라… 모두 가는 길이 달라지기도 하지.'

우울함의 편린을 남겨둔 채, 그날의 일정은 모두 끝났다.

*　　　　*　　　　*

따르르르르릉.

새벽 6시가 되자 방 안이 온통 알람 소리로 시끄러웠다. 영석은 알람 소리가 들리기 전에 미리 일어나는 습관이 있어서 룸메이트들을 한 명씩 깨웠다. 다들 어려서 그런지 잠을 깨는 게 조금씩 늦었다. 영석은 어쩔 수 없다는 듯 그냥 혼자 식당으로 내려왔다.

"영석아!"

멀리서 진희가 손을 흔든다.

다행히도 진희는 아카데미에 와서 조금씩 밝아지는 모습을 보였다.

진희 옆에는 진희랑 비슷하거나 더 큰 여자아이 세 명이 붙어 있었다.

'서양 애들은 참… 다들 진희랑 비슷한 나이일 텐데……'

나쁘게 말하면 늙어 보이고, 좋게 말하면 아가씨 같아 보이는 어린애들(?)이 우르르 영석에게 몰려왔다.

"뭐야, 뭐야? 진희 남자친구야?"

우르르 모여서 까르르 수다를 떠는 모양새는 영락없이 아이들이었지만, 그래도 조금 부끄러웠던 영석이 식판을 들고 음식을 담으러 갔다. 여자아이들은 귀엽다며 꽁무니를 쫓아왔다. 그렇게 아침 식사는 조금의 소란스러움이 있었다.

아침을 먹고 나선, 영석이 진희에게 수영을 하는 게 어떠냐며 권유했고, 둘은 수영장에 왔다.

"영석~! 너는 수영 선수 해도 되겠는걸?"

코치가 하얀 이를 드러내며 칭찬했다.

"뭘요……"

"아니, 정말이야. 대단한데?"

코치가 놀라는 것도 당연하다.

영석은 4년 동안 단 하루도 빼먹지 않고 수영을 해왔다. 각종 영법에 통달한 것은 물론이고, 25미터 정도는 한 번의 들숨도 없이 빠르게 갈 수 있다. 물론 진희는 수영을 못 했다. 진희가 학교 가는 시간에 영석 혼자 했던 거니까. 진희는 여성 코치가 전담으로 붙어서 가르침을 주고 있었다.

'진희도 워낙 재능이 있으니… 금방 배우겠지.'

영석은 그렇게 안도하며 수영으로 몸을 풀었다.

수영을 하고 나선 하드 코트에 갔다.

모두가 각자 하고 싶은 코트에서 훈련을 하고 있는지라 하드 코트엔 영석과 진희를 포함해 다섯 명 정도가 남아 있었다.

그곳에서 영석은 코치에게 이런 요구를 했다.

"테니스에서 사용되는 모든 기술을 체크해 주고, 어떤 점이 모자란지 10레벨로 단계를 두어 보고서를 만들어 주세요."

그건 코치들이 선수들을 관리하는 데 필요한 부분이니 코치는 흔쾌히 그 당돌한 요구를 수락했다.

그렇게 2시간 정도의 훈련을 마치고 나면, 모두 각자의 방에서 설문지를 작성해야 한다. 언제 해도 상관없지만, 자신에 대해 파악하는 문제이기 때문에 이를수록 좋았다.

문항은 이렇다.

—오늘 당신은 잠을 잘 잤습니까?

—오늘의 신체적 컨디션은 어떻습니까?

—오늘의 정신적 컨디션은 어떻습니까?

—오늘의 동기부여는 어느 정도입니까?

이걸 4주 동안 매일매일 제출해서 그날그날의 답변과 실제 훈련에서의 모습을 비교하는 데 의의를 두는 작업이라 했다. 작성한 설문지를 들고 컴퓨터로 가득했던 방에 간다. 제출은 그곳에서 이루어진다.

"아, 영석! 아침에 코치에게 요구했던 것의 답변입니다."

설문지를 내고 CCTV에 기록된 자신들의 모습을 확인하던 영석과 진희에게 직원이 다가오며 종이를 건넸다. 물론, 진희 것도 함께였다.

기술 평가

이름 : 이영석

나이 : 11살

신장 : 165㎝

몸무게 : 50㎏

*10레벨은 프로로 전향할 수 있는 최소한의 수준을 뜻함.

—서브 : 3/10

전반적으로 무난한 수준이다.

플랫 서브는 훌륭했으나 스핀 종류의 서브에서는 조금 컨트롤이 미숙하다고 판단된다. 원래 오른손잡이였으니, 왼손의 숙련도를 조금 더 높이는 편이 좋겠다고 사료됨.

—포핸드 스트로크 : 4/10

전반적으로 무난한 수준이다.

다양한 그립으로 다양한 구질의 공을 처리할 수 있는 숙련이 요구됨. 마찬가지로 왼손의 숙련도가 아직 미숙하다고 판단됨.

—백핸드 스트로크 : 8/10

최고의 수준이다.

신체적인 한계로 8점을 줬지만, 성장하기만 하면 바로 세계에서 싸울 수 있을 만한 수준이라고 판단됨.

—드롭 & 로브 : 2/10

더 많은 시도를 할 필요가 있다.

—발리 : 5/10

눈과 발, 그리고 반사 신경이 훌륭하다.

백핸드와 마찬가지로 좋은 수준에 근접했다.

—속도 : 8/10

—스텝 : 9/10

최고의 발이다.

발의 빠름도 좋지만, 효율적인 스텝이 가장 돋보임.

조금의 유연성이 가미되면 더 좋을 거라 판단됨.

*꾸준한 식단 관리로 성장을 최우선 과제로 삼아야 한다고 사료됨.

이건 한 명의 코치가 쓴 거다. 이런 보고서가 열 장 가까이 영석에 손에 쥐어졌다.

백핸드와 스텝은 생각대로 좋은 평가를 받았지만, 나머지는 조금 영석의 기대에 못 미쳤다.

인상을 찌푸리는 영석에게 직원이 화들짝 놀라며 말한다.

"영석! 이건 굉장히 좋은 평가야. 5를 넘는 게 한 개만 있어도 지금의 나이에선 최고로 훌륭한 거지! 네 또래의 평균은 1~3이야."

"아, 그래요?"

영석이 되묻자 직원이 열심히 설명한다.

"말 그대로 그 보고서는 '프로로 전향할 수 있는' 최소한의 요구치를 10으로 잡은 거야. 보통 18세는 돼야 평가가 8이나 9가 되는 거지, 영석의 나이에 8 이상이 세 개나 있다는 건 경악할 일인 거야!"

영석이 고개를 끄덕였다. 어느새 진희가 옆에서 멀뚱히 영석의 보고서를 보고 있었다.

영석이 진희의 어깨를 감싸며 물었다.

"진희는 어떻게 나왔어?"

그 물음에 진희가 한숨을 쉬며 답한다.

"뭐, 이길 거란 기대는 안 했지만… 별로 좋지 않아."

진희의 보고서는 대부분이 2와 3으로 가득했다.

단 하나, 발리 레벨이 무려 9였다.

'어려서부터 터치 감각은 예술이었으니까……'

"이거 나보다 높네!"

영석의 감탄에 진희가 입을 삐죽이며 투덜거렸다.

"그럼 뭐해. 내가 나이도 많은데, 평균이 너보다 낮잖아."

시무룩한 진희를 보며 영석이 어쩔 줄 몰라 하자, 진희가 냉큼 표정을 바꾸며 밝게 말했다.

"사실 이 정도로 평가받아서 기분 좋아. 너 잘하는 거야 옛 날부터 알았는데 뭘……. 어서 영상 보고 훈련 뭐 할지 생각 하자."

"그, 그래."

영석이 얼떨떨하게 대답했다.

그렇게 둘은 하루하루를 주체적으로 훈련에 임하며 스스로 를 냉정히 돌아보는 계기를 갖게 됐다.

*　　　　*　　　　*

일전에 직원이 요구했던 대로 영석은 검사를 받으러 갔다.

모든 검사는 해부를 하듯 철저하고 다양하게 이루어졌다. 심지어 외부로 나가 성장판까지 검사했다.

'그런 얘기도 종종 듣긴 했는데, 지금도 가능하구나.'

역시 미국이었다. 엄청난 돈이 들었지만 가능했다. 물론, 일체의 모든 검사 비용은 아카데미 측이 부담하기로 했다.

우선 성장 가능성의 결과는 183~188㎝로 결론이 났다. 부모님의 키와 최근 4년간 영석이 꾸준히 챙겼던 성장 기록, 거기에 무릎과 척추 등의 검사를 통해 결론이 난 것이다.

'괜찮군.'

작다고 크게 불리할 건 없지만, 테니스 또한 키가 크면 유리한 스포츠다.

높이에서 뿜어져 나오는 힘의 총량을 무시할 수 없는 거다. 그래도 그 한계선은 2미터 미만이어야 한다. 그 이상 크면 오히려 테니스에 적합하지 않다고 여겨진다.

"시력 또한 놀랍군."

검사를 지켜보던 코치가 말했다.

단순한 시력 외의 동체 시력도 측정했다.

테니스에 필요한 시력의 종류는 여러 가지다. 움직이는 것을 파악하는 동체 시력, 거리감을 파악하는 심시(審視)력, 순간적으로 많은 것을 파악하는 순간 시력 등이 그것이다.

영석의 경우 이 모든 것이 최고 수준에 근접했다. 코치들이 경악을 하는 게 당연한 것이다.

하지만 정작 놀라움의 당사자인 영석은 다른 이유로 놀라고 있었다.

'이걸 다 측정할 수 있다니……'

동체 시력만 해도 옆과 상하로 움직이는 것을 인식하는 시력인 DVA 동체 시력과, 앞뒤로 움직이는 것을 인식하는 시력인 KVA 동체 시력이 있다. 그걸 모두 개별적으로 검사할 수 있다.

놀라는 영석에게 코치가 웃으며 말했다.

"눈의 기능을 향상시킨다는 의미로 말하자면, 스포츠 과학에서는 눈을 단련하는 게 상식이다. 다양한 종류의 시력들이 있고, 이것들을 단련해서 시각 정보를 많이 얻을 수 있게 되면 플레이 중 시야가 넓어지고 반응과 샷의 정밀도가 좋아진다. 당연한 얘기지."

가만히 코치의 얘기를 들었던 영석은 고개를 끄덕였다.

이런 건 일류의 스포츠 선수에겐 비교적 흔한 일이다.

초일류 타자와 인터뷰를 하면

"공이 수박만 하게 보였습니다."

같은 말을 심심찮게 하는 걸 들을 수 있다.

그뿐인가. 세계 최고의 레벨에 도달해 있는 축구 선수, 특히 미드필더 같은 경우를 생각해 보자. 그들은 '경기장 위에서 경기장을 내려다보는 감각'을 느낀다고 말한다. 눈이 머리에 달려 있는데 물리적으로 말도 안 되는 소리를 지껄인다고 욕할 수 있을 만한 얘기다.

하지만 그 선수들이 말하는 것의 대부분은 사실이다. 그들에겐 '그렇게' 느껴지는 게 당연한 일이니까 말이다.

즉, 본인들을 제외하면 그 감각을 공유할 수도, 측정할 수도 없는, 그야말로 추상의 극대화인 그 감각을 측정한다는 것이 영석을 놀랍게 했다. 물론, 단숨에 그런 감각을 측정하는 것이 아니다. 수치화할 수 있는 부분 부분들의 능력을 종합해서 '아마도 그러한 감각을 가진 선수일 것이다'라고 유추하는 것이다. 그렇다 해도 영석에겐 놀라운 경험이다.

'무섭기도 하고… 신기하기도 하군.'

눈이 방울만큼 커진 코치들이 신나서 영석을 이리저리 끌고 다니며 검사한다.

그리고 연신 감탄을 내뱉는다. 영석은 결과를 듣고 놀라는 코치들이 오히려 신기했다.

'이게 뭐 대단한 거라고… 국대만 가도 다들 이 정도는 하는데.'

물론, 이제 11살인 영석의 악력이 200kg이라는 등의 터무니없는 결과를 보이는 건 아니다. 그냥 그 나이대에 비해 조금 더 높은 수치들이 나올 뿐이다. 그것도 다른 종목의 모든 선수들과 비교하면 대단할 것도 없는 수준이다.

"이게 그렇게 놀랄 일인가요?"

영석이 덤덤하게 코치들에게 물어본다.

그 시니컬함에 주변의 모두가 얼어붙었다.

차가운 기운을 몰아내려는 듯 코치 한 명이 입에 거품을

물 기세로 설명을 쏟아낸다.

"대단한 거지! 영석, 넌 정말 대단해!!"

후우— 후우—

코치가 심호흡을 하고 다시 입을 열었다.

"이건 내 지론이라 조금 길겠지만 들어봐. 테니스에서 강한 사람이란 어떤 사람일 거 같아?"

"잘하는 사람."

영석이 한 치의 망설임도 없이 답했다. 코치가 머쓱한 듯 머리를 긁적이며 설명을 이어갔다.

"맞아. 잘하는 사람이 강한 사람이지. 특히 모든 것을 잘하는 사람이 강한 거다. 테니스란 건 사방 약 10미터의 공간에서 때로는 시속 200㎞도 넘는 공을 3시간 이상까지도 오로지 혼자서 쫓아다니는 경기야. 즉, 테니스란 단거리 달리기보다도 짧은 10미터를 뛰는 순발력, 마라톤보다 긴 3시간의 지구력, 메이저리그 에이스 투수의 공보다 빠른 200㎞의 공을 파악하는 반사 신경과 판단력 등이 필요해. 그 외에도 많은 구종을 바꿔서 치는 테크닉, 바늘구멍도 꿸 듯한 컨트롤, 그 모든 걸 조합하여 어떻게 전술을 세울지 생각하는 사고력, 그리고 무엇보다도 이 다채로운 능력을 구사해 가며 혼자 싸우는 정신력을 필요로 해. 물론, 뒤에 말한 건 아직 측정하지 못한 부분이지만, 그건 영석, 네가 앞으로 충분히 발전시킬 수 있는 거야."

"……"

영석은 난생 처음으로 자신의 영어실력을 의심하게 됐다.

'뭐라고 하는 걸까……'

코치는 침을 한 번 삼키며 호흡을 가다듬고는 다시 속사포처럼 랩(?)을 했다.

"아무튼 프로의 세계에선 이 중 뭔가 하나라도 부족하면 그게 걸림돌이 돼서 낙오되게 마련이야. 즉, 평균이 50점이라고 한다면, 하나는 100점, 다른 하나는 0점인 사람보다, 둘 다 50점인 사람이 낫다는 거야. 영석 네 신체 능력은 뭐 하나 빠지는 것 없이 훌륭해. 테니스에 필요한 모든 능력이 우수한 편이고, 앞으로도 우수한 상태를 유지할 수 있다는 걸 이 결과들이 말해주고 있는 거야. 그러니 우리가 놀라지 않을 수가 있겠어?"

코치가 너무 빨리 말하는 통에, 제대로 못 알아들었지만 대충 무슨 얘기를 하는지는 알겠다.

'안 그런 스포츠가 없지, 뭘… 오바하기는……'

영석이 속으로 읊조렸다.

테니스를 지극히 사랑하는 사람의 일방적인 테니스 예찬론이다.

하지만 영석도 테니스를 사랑하는 사람이니 코치의 얘기가 기분 좋게 들렸다. 테니스를 아이같이 사랑하고 있는 마음이 고스란히 전해진 것이다.

여하튼, 코치들과 영석은 저녁 식사를 마치고도 계속해서 논의를 했다.

"이 플랜은 어때?"

코치들 중 한 명이 영석에게 트레이닝 플랜을 짜 왔다. 2주 분량이라 상당히 적었지만 영석은 괜찮다고 생각했다.

"아, 헬스 트레이닝 파트에서 체간(體幹) 위주의 맨손 훈련을 하는 건 어떨까요?"

영석의 첨언에 코치가 고개를 끄덕이며 동의했다.

"하긴, 아직 신체가 다 자라지 않았기 때문에 중량(重量)을 이용하는 것보다 그게 나을 수도……."

코치들과 영석이 머리를 맞대고 계속해서 고민을 했다.

'갑작스럽지만, 이런 경우도 있군…….'

낯설기도 하고, 파란 눈의 백인들이 이렇게 목을 매고 집중해 주니 영석도 기분이 좋았다.

*　　　*　　　*

"다음!"

타닥, 탁.

일정한 리듬을 가진 영석의 스텝 소리가 경쾌하게 코트를 가로지른다.

펑! 소리를 내며 영석의 포핸드 스트로크로 날아간 공이 베이스라인에 한없이 가깝게 꽂힌다.

"영석! 지금은 공이 3번 위치에 붙어 있잖아!"

코치의 호통이 터져 나온다.

'쳇.'

영석이 짧게 혀를 찬다.

그리고 보니 코치가 서 있는 코트의 바닥이 이상하다.

바둑판처럼 선들이 그어져 있는 모습이다. 그 선들은 꼭두
새벽부터 코치들이 흰 테이프를 갖고 와 일일이 붙인 것이다.
정확하게 코트를 9분할하여 컨트롤하는 연습을 위한 것이다.
번호는 베이스라인 왼쪽에서 시작된다.

1	2	3
4	5	6
7	8	9

이런 식으로 표시가 되어 있다.

영석의 시야에선 1, 2, 3이 제일 멀고, 7, 8, 9가 제일 가까
웠다.

물론, 이 훈련은 영석만을 위한 것은 아니다. 원래의 정규
과정에 속하는 것이다.

펑!

계속해서 포핸드를 연습하는 영석이지만 이게 제법 어렵다.

1, 2, 3은 노리기 쉬운데 짧은 공이 어려웠다. 7, 8, 9를 노릴라 치면 4, 5, 6영역에 떨어지는 것이 절반이다.

'레슨 볼로 이 정도면 실전에서 10%도 원하는 곳에 못 떨 군다.'

영석이 이를 악물었다.

"잠깐!"

코치가 영석을 멈춰 세웠다.

"힘이 너무 들어가 있어. 이따가 영상으로 확인해 봐. 일단, 옆 코트로 이동해서 백핸드 스트로크를 연습하는 게 좋겠어."

코치의 지시는 시의적절했다. 안 될 때는 될 때까지 하기보 다, 잘하는 것으로 기분을 전환하고 다시 안 되는 부분을 연 습하는 게 좋다.

'이런 점은 확실히 서구의 사고방식답군.'

영석이 군소리 안 하고 옆 코트로 향했다. 그곳도 마찬가지 로 분할되어 있다. 다만 9분할이 아닌 25분할일 뿐이다.

1	2	3	4	5
6	7	8	9	10
11	12	13	14	15
16	17	18	19	20
21	22	23	24	25

'저걸 잘도 붙여놨네……'

영석은 나지막이 감탄했다.

"간다!"

이 코트의 레슨을 담당하는 코치가 영석에게 소리쳤다.

그리고 계속해서 백핸드를 치게 공을 던져준다. 단, 조건이 있다. 공은 백핸드를 칠 수 있는 방향으로 주지만, 코치가 던져주는 공은 일정하지가 않다는 점이다. 원하는 순간, 그게 어느 때든 간에 원하는 곳에 공을 떨굴 수 있는 능력이 있는지 확인하는, 9분할 코트보다 더욱 어려운 조건이다. 거기에 코치가 번호를 말하기 전까지 치면 안 된다. 하지만,

"18!!"

펑!

"8!!"

펑!

영석은 쉬지 않고 스텝을 밟으며 공을 몇 번이고 코치의 주문대로 꽂아 넣었다. 코치는 18번에 서 있었지만 상관없이 공을 친다. 그들도 자신에게 날아오는 공은 가볍게 처리하는 정도는 가능했다.

"오케이! 좋아, 영석은 잠시 쉬고 있어!"

코치의 외침에 영석은 뒤로 물러나 무의식적으로 진희를 찾았다.

'열심히 하고 있네…….'

저 멀리서 진희가 숨을 헐떡이며 공을 쫓아다니고 있다. 코치의 뒤로 형광색 공이 무더기로 쌓여 있는 걸 보면 알 수 있다. 그렇게 멍하니 진희를 눈에 담고 있는 영석에게 코치 중 한 명이 다가와 말한다.

"영석, 9분할 코트로 오라고 그러네."

영석이 고개를 들고 9분할 코트를 향해 걸어갔다. 네트 앞에서 코치가 영석을 손짓해 부른다.

"영석! 잠깐 이리 와봐."

그 말에 영석이 가볍게 뛰어 네트 앞까지 갔다.

"영석, 컨트롤은 물론 연습을 통해 발전시킬 수 있는 거야. 누구나 가능한 일이지. 다만, 보다 빠르게 향상시키기 위해 내가 팁을 하나 줄까 해."

"팁?"

"그래. 테니스는 공을 칠 때의 감각과 그 공이 어디에 떨어졌나 하는 인식, 이 둘이 확실하게 갖춰진 1구 1구가 축적되어야 실력이 는다는 건 영석도 당연히 알고 있겠지?"

코치의 질문에 영석이 고개를 끄덕였다.

"이건 영석의 멘탈을 믿고 하는 조언이야. 공 하나하나를 더욱더 소중하게 생각해야 해. 그래, 이를테면 공 하나에 승부가 갈리는 경우를 이미지해 봐."

"이미지……?"

"그래. 나도 같이 할 테니까 함께 상상해 보자. 이 코트에서 지금 윔블던 결승전이 진행되고 있고, 난 상대 선수야. 그리고 매치포인트. 이 공을 잘 쳐서 원하는 곳에 떨구면 넌 이겨. 상대방의 서브가 이어질 거야. 너는 그걸 백핸드를 써서 스트레이트로 보내. 그걸 나는 크로스로 처리해서 네 만만한 포핸드를 노리는 거지. 넌 그걸 러닝 포핸드로 쳐서 3번 코스에 넣는 거야. 핀 포인트로. 무슨 상황인지 알겠지?"

코치의 설명에 영석은 순식간에 몰입했다.

과연 코치의 주문은 합리적이다. 지고 있는 상황을 이미지하는 것보다, '이거 하나만 들어가면……'이라는 상황을 이미지하는 게 훨씬 득이 된다. 선수의 모티베이션을 자극하기도 하고, 실제로 경기에서도 그런 상황을 너무나 많이 조우하기 때문이다.

조금은 기계적으로 훈련을 했던 몸에 생동감이 돌고, 정신이 맑아진다.

"오케이. 준비된 것 같군. 그럼 리턴하도록 해. 내가 서브를 넣을게."

코치가 카트를 옆으로 밀어내고 서브를 하기 위해 자리 잡는다. 다른 코치들과 수강생들도 고요하게 그 둘에게 집중한다. 시합의 분위기를 일부러 내주는 것이다.

통.

"흡!"

펑!

코치의 서브는 텀이 짧았다.

영석이 준비를 하기도 전에 서브가 날아왔다. 하지만 영석의 수준을 고려한, 시속 120~130㎞에 불과한 느린 서브다. 와이드로 빠지는 공. 왼손잡이인 영석의 백핸드가 그 공을 맞이했다.

펑!!

코치의 주문대로 스트레이트로 공을 처리했다.

그러자 코치가 성큼성큼 달려들어 크로스로 백핸드를 쳤다.

펑!

공이 코트를 가로지르며, 영석의 포핸드 쪽으로 빠진다.

'지금이군.'

영석은 순식간에 집중하며 눈을 깜빡이지도 않고 달렸다.

코치는 확실히 시나리오대로 공을 줬다. 그것도 영석의 역량을 계산해서 아슬아슬하게 공을 칠 수 있게끔.

"후욱!"

빠른 다리와 우아한 스텝으로 미리 자리를 잡고 공을 기다리고 치고 싶었지만, 그 정도로 만만한 공은 아니다. 겨우겨우 뛰어들어 간신히 칠 수 있을 만한 공이다. 이 상황에 몰입한 영석은 공이 날아오는 것을 보며 다리를 열심히 놀렸다.

'이 공 하나에 꿈에 그리던 메이저 대회의 우승컵이 달렸다.'

라고 자기 최면을 걸자 신기하게 몸이 붕 뜨는 감각이 느껴지며 3번 코스가 머릿속에 또렷하게 그려졌다.

펑!!

영석의 포핸드가 큰 타구음과 함께 어마어마한 스핀을 머금고 3번 핀 포인트를 향해 날아갔다.

"오케이!! 굿!"

정확히 라인 위에 떨어진 공.

이 정도의 공이라면 예상한들 쉽게 처리하게 어렵다. 코치가 큰 소리로 칭찬을 했다.

후욱— 후욱—

가쁜 숨을 내쉬는 영석은 그제야 어떤 '감각'이라는 걸 깨닫게 됐다.

이를테면, 생각을 조금 더 단순화하고 몸에게 감각을 익히게 하는 거다.

가령, '포핸드는 자세를 낮추고 라켓을 싹 당겨서 팡 하고 공을 친다'라고 몸에게 익히게 하고 그 감각을 훈련하는 것이다. 사실 공을 원하는 곳에 보내기 위해선 세밀하게 타점을 조율할 수 있는 능력이 요구된다. 그러나 그 타점을 일일이 외우면서 그때그때 계산할 수 있을 리 만무하다. 그래서 이런 훈련이 중요하다.

코치가 다가와서 영석에게 연신 훌륭하다며 칭찬했다.

"그레이트! 최고의 공이었어. 호흡 가다듬으면서 들어. 일단, 사람의 행동에는 의식과 무의식이 있다. 달리 말하자면 이성과 본능, 더 쉽게 말하자면 머리와 몸이라고 할 수 있다. 머리와 몸의 밸런스를 잡는 건 어려워."

"머리와 몸의 밸런스?"

"예를 들어 이성적인 사람은 해야 할 일들에 집중하느라 하고 싶은 일을 무시한다. 이성이 본능을 누를 땐, 효율이 안 나온다. 그 반대도 마찬가지. 가장 좋은 건, 해야 할 것과 하고 싶은 것이 동일할 때다. 이런 이미지를 가정하는 훈련은 이성과 본능의 합일점을 찾는 훈련이라고 할 수 있어."

코치의 설명은 정확했다.

영석은 크게 감탄하며 플로리다를 선택한 것에 점점 만족스러워지는 마음을 느꼈다.

"조금 더 쉽게 설명할게. 테니스에서 샷을 쳐낼 때, 인간의 내면에는 지시하는 자아와 실행하는 자아가 공존하고 있다. 라켓을 빼고 스텝을 밟으라는 등 지시하는 자아가 우세일 때는 플레이가 잘되지 않는다. 절차를 의식해서 몸이 굳기 때문이야. 반대로, '공을 저기에 보내야지', '볼로 직선을 그리자', '포물선을 그리자' 등 실행하는 자아가 우위에 되었을 땐, 최고의 퍼포먼스를 발휘할 수 있다. 방금 전의 느낌을 잘 기억해 놔. 아니, 상황 자체를 머릿속에 각인시켜야 해. 이것 또한 멘탈 훈련의 일종인데……"

쉬지도 않고 잘도 쫑알쫑알 열성적으로 설명하는 코치를 보며 영석은 참 대단하다고 생각했다. 코치가 덧붙여 설명한 멘탈 훈련이라는 것은 이렇다.

가장 행복했을 때의 기억을 단편적으로가 아니라 리얼하게 떠올린다. 색, 냄새, 소리, 움직임, 가능하다면 기온이나 습도까지 기억하는 게 좋다. 사진을 영상으로 재생시키는 작업이라고 생각하면 된다. 지금까지 중 가장 테니스가 잘됐던 날을 기억해 내는 작업으로 여겨야 한다. 테니스의 포인트 사이는 20초밖에 안 되기 때문에 이런 영상들 수백 개를 확실하게 머릿속에 저장해 놓고 20초마다 영상을 꺼내어 정신과 몸을 일깨우는 훈련이 바로 멘탈 훈련이라는 것이다.

'정말 대단하군……'

이곳의 코치들이 갖고 있는 테니스론(論)은 빈틈이 없고 합리적이다.

무엇이든, 어떤 상황이든 설명해 내고 선수들에게 하나하나 각인시킨다. 낭비가 없는 훈련인 셈이다.

"좋아. 오전 훈련은 여기까지 하고, 스케줄대로 움직이자."

코치의 말에 영석은 감탄을 멈추고 스트레칭을 시작했다.

아직 오전만 지났을 뿐이다. 하루는 길고 해야 할 일은 많다.

Chapter 8
첫 번째 패배

주말이 또다시 찾아왔다.

14~17세 반으로 월반(?)을 했으니 오늘은 만만치 않은 상대들로 득실거릴 게 뻔하다.

영석은 호흡을 가다듬으며 새벽을 맞이했다. 그리고 책상에 앉아 습관이 된 설문 작성을 시작했다. 왼손으로 쓰는 글씨가 영문임에도 제법 정갈한 느낌이 난다.

—오늘 당신은 잠을 잘 잤습니까?

8.

잠은 잘 잤으나, 소변이 마려워 새벽 3시경에 한 번 깼음.

—오늘의 신체적 컨디션은 어떻습니까?

8.

어제의 훈련을 조금 과도하게 진행해서 피로가 조금 남아 있음.

—오늘의 정신적 컨디션은 어떻습니까?

10.

오늘 있을 시합이 기대된다.

—오늘의 동기부여는 어느 정도입니까?

10.

최고. 플로리다에 온 이후로 가장 큰 기대감을 갖고 있음.

간단하게 설문을 작성한 영석은 아침 식사를 하러 내려갔다.

식당에서 만난 진희도 얼굴이 잔뜩 굳어서 벌써부터 '전투 모드'에 들어간 것 같았다.

"진희야, 벌써부터 긴장하지 마. 밥 먹고 산책 조금 할까?"

"으, 응? 그래."

진희는 오늘 1회전부터 저번 주 결승전의 상대와 마주하게 됐다. 프로 생활을 하다 보면 수많은 대회에서 낯익은 얼굴들을 계속해서 만난다. 짧으면 1년이고 길면 10년도 만나게 된다. 어제의 결승전 상대가 오늘의 2, 3회전 상대인 것은 비일비재하다. 진희의 심적 부담이 클 거라 생각한 영석은 진희의 컨디션을 끌어 올리기 위해, 답지 않게 수다를 많이 떨었다.

      *   *   *

햇살이 쨍 하고 붉은 코트 면에 내리쬐어서 빛을 자잘하게
쪼갠다.

오늘의 토너먼트는 클레이 코트에서 진행된다. 매주 다른
코트에서 토너먼트를 여는 게 이 아카데미의 고유한 행사다.

14~17세 반에는 남자가 12명이 있다. 4경기를 하는 선수도
있고, 3경기를 하는 선수도 있다. 영석은 저번 주와 마찬가지
로 4경기를 하는 인원에 속했다.

'시합은 많이 할수록 좋은 거지.'

영석은 주변을 둘러보며 눈을 빛냈다.

확실히 나이가 더 있는 아이들이라 그런지, 영석보다 한 뼘
씩은 더 컸다. 아마 몸무게도 10㎏ 이상 차이 날 것이다. 몇
없는 동양인들을 제외하면 거의 성인들과 다름없는 체격을
가지고 있었다.

'기대된다.'

소년들이 모두 각각 자신의 스타일대로 몸을 풀고 있다.

가볍게 뛰고, 코트에 철푸덕 앉아 다리를 찢기도 한다. 기
본적으로 온몸의 근육을 적절하게 긴장시키는 것에 다들 주
력하고 있다. 영석도 진희와 짝을 이뤄 몸을 풀고 있었다.

"어때? 아파? 조금 더 누를까?"

영석이 진희의 등을 쭉쭉 누르며 입을 열었다.

아카데미에 들어오고 난 후, 쭉 둘이 붙어 다니는 영석과 진희는 아이들 사이에서 이미 사귀고 있네 마네 하는 소문(?)이 나 있다. 지나다닐라 치면 힐끔힐끔 보며 속닥거리는 것을 종종 봐왔다. 영석은 정신연령이 높아서 그런 거에 신경 쓰지 않았고, 진희도 반평생을 영석과 붙어 살았기 때문에 아무런 신경을 쓰지 않았다.

"괜찮아."

진희가 잔뜩 얼굴이 굳어서 답한다.

'안 좋은데⋯⋯.'

진희의 온몸이 조금 차갑게 굳어 있다. 아무래도 긴장을 풀어주는 것에 실패한 것 같다.

"한국 가면⋯⋯."

영석이 운을 뗐다.

"응?"

"둘이 테니스화 하나씩 사러 가자."

"아직 괜찮은데⋯⋯. 네 거 다 닳았어?"

영석이 기어들어 가는 소리로 답했다.

"같은 모델, 같은 색으로 하나 같이 맞추자고."

"⋯⋯."

영석의 말에 진희는 아무런 말을 안 했다.

등을 눌러주고 있는 영석의 손에 진희의 따뜻한 체온이 느껴졌다. 좋은 의미에서 부담감이 조금이나마 줄어든 것으로 보인다.

"많이 이겨서 메달 가득 챙겨 가면 부모님이 용돈 많이 줄 거야."

"응……."

"가자. 이기고 와. 지금 보니까 진희 네 상대 별것도 아니네."

"응?"

"봐. 키도 작고, 몸에 근육들도 필요 이상으로 많잖아."

"공이 너무 세……."

진희가 시무룩하게 답하자 영석이 조곤조곤 타일렀다.

"저번에 보니까 힘껏 때리기만 하는 단순한 테니스더라. 코스를 다양하게 찔러서 실수 유도도 하고, 발리도 많이 대봐. 굳이 상대방이 잘하는 싸움에 진희 네가 맞출 필요 없어. 진희 넌 발도 빠르고 발리도 잘 대잖아. 그거 할 수 있는 여자 선수 전 세계에 100명도 안 될 거야."

"오버하기는……."

진희가 피식거리며 핀잔을 줬다.

그래도 얼굴에 조금 붉은 기가 돌고, 몸도 부드러워진 게 확연히 보였다.

영석이 활기 넘치게 외쳤다.

"둘이 같이 이기자!"

"응!"

1회전.

상대 선수는 키가 상당히 크고 마른 체형으로 보이는 서양인 소년이었다.

서브권을 못 가지고 온 영석은 리턴을 준비했다.

휘리릭— 쾅!

"어?!"

영석은 상대방이 라켓을 휘두르는 순간, 기묘한 위화감을 느꼈다.

최영태가 인정사정없이 서브를 꽂을 때의 느낌이다. 리턴을 준비하고 말고 할 것도 없이 허무하게 공이 영석을 스쳐 지나간다.

"15 : 0!"

심판이 외쳤다.

서브 에이스다. 상대방은 별로 기쁨을 표하는 기색도 없이 다음 서브를 준비하고 있었다.

'장난 아닌걸? 저게 10대가 할 서브인가?'

보니까 170㎞/h 이상은 나온 것 같았다. 클레이 코트라 바운드되고 난 후 시간이 미세하게 조금 더 영석에게 주어졌지만, 그렇다고 바로 받아낼 순 없는 수준이다.

'우선, 정보를 얻자.'

휘리릭—

쾅!

'관절이 어떻게 저렇게 움직여! 팔꿈치가 무슨……'

보통 유연한 게 아니다. 팔꿈치의 가동 범위가 일반인의 2배
는 되는 것 같다.

그 탄력으로 공을 채찍처럼 후려갈기니 공이 뱀처럼 쭉 길
게 찢어지는 것 같다.

'갖다 대는 것만이라면……'

그러나 영석의 재능은 한 번 본 공에 두 번 당할 정도로 호
락호락하지 않다. 자세가 무너지고 말고 걱정할 것도 없이 팔
을 길게 뻗어 라켓을 공에 갖다 댔다.

퉁~!

영석의 라켓에 맞은 공이 둥실 떠올랐다.

상대방은 그 공을 침착하게 바라보며 스텝을 밟고,

쾅!

그대로 꽂았다.

"30 : 0!"

'드라이브 발리냐……. 장난 아니군.'

영석은 '자신보다 명백하게 우위'인 상대라는 점을 확실히
인식했다.

이런 점을 깨닫게 될 때 반응하는 심리적 작용에 따라 그
사람의 자질이 평가받게 된다. 영석은 천성적으로 타고나기도

했지만, 마인드 자체가 이미 프로였다.

'1세트는 버린다. 최대한 버티면서 필요한 정보를 모두 얻어내자.'

그 뒤로 1세트는 굉장히 길게 이어졌다.

상대방도 세기의 대천재가 아닌 이상은 100%의 퍼스트 서브 성공률을 보일 순 없다. 다행히 영석이 받기 힘들 정도의 강렬한 서브는 50% 정도의 확률로 들어왔다. 숨이 턱 끝까지 차오르고 다리가 조금씩 후들거렸지만 영석은 끊임없이 받아내는 것에 집중했다. 영석의 장점인 백핸드가 게임의 진행을 늦추는 데 큰 역할을 하고 있다.

"듀스!"

1세트 스코어 3 : 5.

영석이 2게임 뒤지고 있다.

'다행히 1세트가 끝나기 전에 파악했다.'

소름 끼치도록 차갑게 웃은 영석의 눈이 화롯불처럼 맹렬히 불타오르고 있다.

집중력의 한계를 시험하듯 영석의 의식은 끝을 모르고 상대방을 분해하고 있었다.

의식의 차원이 점점 높아지자 영석의 뇌는 보통 사람이라면 절대 해낼 수 없을 짓을 하고 말았다.

'센터.'

상대방의 토스와 팔을 올린 각도만으로 코스를 예측하게

된 것이다.

1세트가 끝나기 전에 이미 상대방의 모든 것이 영석의 뇌리에 박힌 것이다.

휘릭!

쾅!

서브가 강렬하게 이어졌지만 영석은 씩 웃었다. 예상대로 센터에 들어왔기 때문이다. 영석의 포핸드로 들어와서 리턴에이스(리턴으로 점수를 따는 것)는 노릴 수 없었지만, 인사이드─아웃의 코스(영석의 포핸드일 경우, 11시 방향)를 머릿속에 그리며 타점을 감각으로 조율했다. 목표는 느긋하게 발리를 대러 나오는 상대방의 발밑.

펑!

영석의 리턴을 지켜본 상대방은 순간 움찔했다.

'아웃… 아니, 인인가……?'

높게 포물선을 그리는 공을 보니 아웃인데 슈숙 소리를 내는 톱스핀이 심상찮다.

"큭!"

망설임을 기다려 주지 않은 공은 정확히 라인 위에 떨어졌고, 결국 의도치 않은 라이징 볼을 치게 됐다. 그러자,

"크큭."

웃음소리가 희미하게 들렸다.

영석이 눈에서 퍼런 불길을 쏟아내며 네트로 돌진했다. 저

작은 몸이 소름 끼치도록 무섭게 느껴진다는 생각을 하려는 찰나에 영석의 발리가 산뜻하게 빈 곳을 찔렀다.

"애드 리시버!"

'됐다!'

영석은 남몰래 속으로 환호성을 질렀다.

남들이 보기엔 평범한 랠리였을지 모르겠지만, 영석의 게임을 처음부터 지켜본 이들은 모두 눈에 이채를 띠었다. 완벽한 예측과 계획된 랠리가 이어졌고, 영석의 의도대로 랠리가 끝났다는 것을 모두 알아차린 것이다. 영석의 나이를 고려한다면 있을 수 없는 완숙미가 느껴지는 한 포인트였다.

물론, 그 점은 영석의 상대방도 알아차렸다. 그는 그 누구보다도 예민하게 그 사실을 캐치했다. 그래서 순간 혼란에 빠졌지만, 이내 마음을 강하게 먹었다.

'그래, 예상할 수도 있지. 이렇게 빨리 파악된 게 어이없지만……'

테니스는 결국 '알면서도 당할 수밖에 없는 흐름'을 누가 더 많이 만들어내느냐의 싸움이다.

그건 프로를 지향하는 사람들에겐 너무나 상식적인 얘기다.

'그렇다면… 이건 어떠냐!'

휘릭! 콰아앙!

한층 더 몸을 비꼬아서 모든 힘을 임팩트 순간에 쏟아붓는 서브가 작렬했다.

엄지발가락, 정강이와 종아리, 무릎, 허리를 타고 넘어온 탄력과 힘이 어깨에 머물다가 팔꿈치를 부드럽게 타고 넘어와 공에 작렬했다.

쉬이이이익!

대기를 가르는 소리가 심상찮다.

'여기서 더 빨라진다고?!'

쿵!

"듀스!"

다시 1세트 초반의 흐름으로 돌아왔다. 더욱 강렬하고 빠른 서브가 영석을 쏜살같이 지나가 버렸다.

'대단하군……'

영석은 인정할 수밖에 없었다. 파악을 끝내고 포식하는 것만 남겨둔 줄 알았던 영석에게 신선한 스릴을 던져준 상대가 대단하다는 것을 말이다.

*　　　　*　　　　*

"게임 세트 앤드 매치 원 바이 로딕! 카운트 6 : 4, 6 : 2."

영석에게는 첫 번째 패배였다.

하지만 경기장에 있는 그 누구도 그걸 패배라고 인식하지 않았다.

스코어는 일방적이었지만 1회전 경기는 무려 3시간 가까이 걸렸다.

끊임없이 공격성을 드러내는 상대방과 어떻게든 빈틈을 찾아 찍어 누르려는 영석의 성향이 상성이 잘 맞아 경기를 길게 끌고 갔다.

12살의 작은 몸을 가진 영석의 분투는 분명 압도적이었고, 모두를 숨 막히게 했다.

"헉… 헉……"

두 선수 다 얼굴이 보랏빛으로 물들었고, 흙이 옷에 묻든 말든 드러누워 '살기 위해' 공기를 끊임없이 갈구했다. 코치들이 뭐라 뭐라 시끄럽게 소리치는 게 들렸고, 다급한 발자국 소리가 영석의 귀를 간질였다.

다급한 손길로 누가 입가에 간이 산소호흡기를 갖다 댔다.

"후욱— 후욱……"

숨 쉬는 게 아주 조금이지만 편해졌다.

영석의 작은 몸을 코치 중 한 명이 들어 올려 들것에 실었다. 상대방 선수는 후들거리면서도 자신의 의지로 천천히 몸을 일으키고 있었고, 그 장면이 영석의 눈에 들어왔다.

'대단한 놈……. 잠깐, 로딕이라고? 그 로딕?'

영석은 어이가 없었다.

상대 선수는 세계 최고속(最高速)의 서브를 자랑하는 그 로딕이었던 것이다.

어쩐지 팔꿈치가 기괴할 정도로 움직인다 싶었다.

'그럼 나보다 세 살이 더 많군. 지금 15살… 음. 다음에는 어림없을 줄 알아라.'

상위 선수들의 프로필을 거의 외우다시피하며 보냈던 전생 덕에 로딕의 현재 나이를 유추할 수 있었다.

"영석아!!"

어느새 진희가 땀범벅인 얼굴로 달려왔다.

동시에 경기가 진행됐으니, 아마 영석보다 일찍 끝났을 거다.

'그러고 보니 내 경기 집중하느라 진희 잘하고 있는지도 못 봤네.'

진희가 영석의 손을 꼭 붙잡았다. 얼굴을 보니 눈에서 눈물이 금방이라도 쏟아져 내릴 거 같았다.

'신파극도 아니고……. 뭐야, 이게.'

영석이 진희에게 눈빛으로 이겼냐고 물었다.

"이겼어!"

용케 알아들은 진희가 울음을 삼키며 대답했다. 그 모습을 본 영석이 만족한 듯 웃으며 편히 누웠다.

'졸립다, 졸려…….'

*   *   *

그렇게 2주 차에 열린 토너먼트에서 영석은 1회전 탈락이라는 씁쓸한 결과를 냈다. 반면, 진희는 1회전에서 가장 강적이었던 상대를 꺾으며 승승장구해서 우승을 거머쥐었고, 14~17세 반으로 월반에 성공했다. 격전을 치른 영석은 일요일을 꼼짝없이 진희를 응원하는 일에 쓸 수밖에 없었다.

"괜찮아?"

진희가 염려스러운 기색으로 영석에게 물었다. 진희 인생 최초로 영석에게 격려를 전하려니 어색하기도 하고, 걱정되기도 한 심정이다.

"괜찮아. 질 수도 있는 거지."

영석은 산뜻하게 답했다.

실제로 영석은 아무렇지 않았다.

오히려 세계를 호령할 선수와 어릴 때 시합을 했다는 것에 큰 의의를 두고 있었다.

'그게 나중엔 230㎞/h를 넘게 된단 말이지……'

꾸준하게 갈고닦아서 영석의 짐작대로의 삶을 살아간다면, 로딕은 그 정도의 서브를 뿌려대는 절대강자의 반열에 오를 것이다. 서브&발리, 강렬한 포핸드 등… 참으로 많은 재주를 갖고 있는 선수다.

'그래도… 다음엔 이길 수 있다.'

영석은 가만히 전의를 불태웠다. 이번 패배는 기량의 차이도 컸지만, 신체에 의한 것이 훨씬 더 컸다. 영석은 우선 지금의 페이스대로 훈련을 하는 것에 집중하자는 다짐을 했다.

"그보다 축하해, 진희야. 정말 잘했어!"

영석의 칭찬에 진희가 배시시 웃는다. 패배를 한 영석을 앞에 두고 있어서 절제했던 것이지, 사실 진희는 기뻐서 날뛰고 싶은 기분이었다. 영석과 단둘이 몇 년이고 붙어 지내다 보니, 자연스럽게 영석이 경쟁 상대로 인식됐었고, 그 격차에 많이 힘들었지만 이곳에 와서야 자신이 또래들 중 어느 정도의 위치인지 알게 됐다. 그 인식의 전환은 단순했지만, 진희에겐 제법 크게 다가와서 마음의 짐을 훌훌 털어내게 했다.

그런 진희를 보며 영석은 빙긋 웃었다.

"밥 먹고, 영상분석실에 가서 경기 영상 보자. 내 것도 같이 보고, 진희 네 것도 보고."

"응!"

미세한 근육통이 남아 있는 영석을 진희가 부축해서 둘은 식당에 들어갔다.

*   *   *

"오……."

진희의 시합 영상을 지켜보는 영석에게서 낮은 감탄이 흘러나왔다.

'대단하다. 이렇게 시합 영상을 보니까 알겠어. 진희는 소질이 좋아.'

상대방 선수는 파워를 중시한 테니스다.

'현대식 테니스'라고 명명되는 이 스타일은 주로 힘과 스피드를 중시한다. 강인한 하반신, 자연스러운 체중 이동 타이밍, 흔들림 없는 체간. 이를 단련해 물 흐르는 듯한 스윙을 터득하고, 끝없이 공을 칠 수 있는 체력을 기른다. 그리고 그것들을 최종적으로 어떻게 사용할지 코트 위에서 시행착오를 반복하면서 오랜 시간을 들여 완성시키는 것, 그것이 현대식 테니스다.

'상대는… 정말 전형적이군.'

테니스를 기술과 힘으로 단순히 이분화해서 생각해 본다면, 남자의 경우 기술=힘이다. 어느 것 하나 소홀해도 세계 무대에서 활약할 수 없다. 반면, 여자의 경우엔 기술<힘이다. 그것도 압도적으로.

2016년엔, 여리여리한 미녀 선수가 온갖 우아한 기술을 쓰며 코트를 가뿐하게 누비는 모습은 점점 과거의 유물이 됐었다. 압도적인 힘과 좌우로 빠르게 달리는 단순한 테니스를 이길 수가 없었던 것이다.

하지만 진희는 달랐다.

우선, 진희의 신체 조건은 힘과 속도를 중시한 또래 선수들에 비해 꿀리지 않았다. 부족한 힘은 빠른 발과 정확한 임팩트만으로 손쉽게 보완한다. 그리고 발군의 컨트롤로 상대를 농락하려는 시도를 한다. 결정적인 것은 좌우뿐만 아니라 전후의 움직임이 다른 여자 선수들과는 차원이 다르다는 것이다.

마침 모니터에선 그 시합의 베스트 샷이 나오고 있었다.

"악!"

라켓이 공을 때리는 소리보다 더 큰 소리를 목으로 낸 상대방이 묵직한 서브를 내리꽂았다.

진희는 바깥으로 빠지는 공을 매우 간결하고 효율적으로 움직여 리턴해 냈다. '우선 어디로 오든 반응할 수 있도록 사지의 불필요한 힘을 빼고 자세를 취한다. 팔다리에서 뺀 힘은 몸의 중심에 담아둔다고 상상하고 도움닫기와 동시에 그 힘을 작은 스윙으로 라켓에 이동시켜서 공을 임팩트한다'는 공식을 따른 이상적인 리턴이다.

진희의 리턴은 길고 깊게 넘어갔다. 상대 선수는 그 공을 포핸드로 통렬하게 강타했다. 악! 소리는 여전했다.

'저걸 어떻게 처리할까.'

영석은 눈을 빛냈다.

"……!!!"

그리고 전율했다.

화면 속 진희는 그 강렬한 포핸드를 드롭샷(공의 아랫부분에 언더스핀(역회전)을 많이 걸어 공이 네트를 넘자마자 뚝 떨어지게 하는 타법)으로 대응했다. 무려 베이스라인에서!

툭.

공은 네트 앞에서 절묘하게 힘을 잃고 떨어져 데구르르 굴렀다. 경기장의 모든 사람이 경악했다는 것을 영상으로도 확인할 수 있다.

'저게 어떻게 가능하지?'

공을 손으로 받아 던진다고 한들 저런 샷이 나올까.

상대 선수는 멍하니 구르는 공을 바라보고만 있다. 그러나 곧 이를 앙다물고 서브를 이어나갔다.

악!

멘탈이 참으로 대단했다.

그런 식으로 포인트를 뺏겼지만, 이어진 퍼스트 서브의 구위는 전혀 떨어지지 않았다.

하지만 이번에도 진희는 남달랐다.

사삭― 펑!

몸놀림이 경쾌하다 못해 통통 튄다.

상대방의 서브를 백핸드로 받아치는데 공이 스트레이트 코스로 정확히 라인 위에 떨어졌다. 미묘하게 회전이 걸렸는지 공이 미끄러지듯 코트 밖으로 도망간다.

상대 선수는 과연 발이 빨랐다. 도망가는 공을 억지로 다 잡아 되돌렸다. 하지만,

"좋다!"

영석이 자기도 모르게 소리를 쳤다.

화면 속 진희는 어느새 네트 앞까지 도달해 있었고, 가볍게 발리로 처리했―

'어라?!'

평범한 발리가 아니다.

상대의 강렬한 공을 발리로 처리하는데, 그 처리도 드롭샷이다.

'드롭 발리……!'

시합 중에는 노린다고 해도 잘 나오기 힘든 샷이다. 순간적으로 공의 회전을 읽어 아주 미세한 손놀림으로 회전을 죽여서 툭 떨구는 샷이다.

'천성적인 센스다.'

바로 전 포인트와 마찬가지로 상대는 얼어붙었다.

그리고 그 뒤는 일방적인 진희의 압도로 이어졌고, 상대방은 맥없이 무릎 꿇었다.

"진희야. 정말 잘했어. 진짜."

영석이 진지한 어조로 진희를 치켜세웠다.

진희는 영석이 대놓고 한 칭찬에 어쩔 줄을 모르고 몸을 배배 꼬았다.

"나야 네가 가르쳐 준 대로 한 건데 뭘."

"아냐 아냐, 진희 넌 정말 천재야!"

영석의 입에서 '천재'라는 단어가 튀어나오자 진희가 흠칫 몸을 떨었다.

진희 자신이 영석을 보며 늘 생각했던 것인데, 영석에게 들으니 생경하기도 하고 놀랍기도 했기 때문이다.

"…고마워."

진희가 고개를 푹 숙이며 중얼거리더니 영석의 어깨에 머리를 기댔다.

영석보다 큰 진희가 그렇게 몸을 기대자 모양새가 꼭 어미새와 새끼 새 같았다.

"큼. 이제 내 거를 볼까……?"

영석이 민망한지 맹렬하게 마우스를 조작해 자신의 시합 영상을 찾아냈다.

이윽고 영상이 나오자 영석은 순식간에 몰입에 들어갔다. 진희는 그런 영석을 멍하니 바라보다가 몸을 일으켜 뭔가를 찾으러 다녔다.

30초 정도 흘렀을까. 진희가 펜과 종이를 갖고 와서 영석의 앞에 놔주고는 다시 영석 옆에 앉았다.

'좋다.'

우승도 했고, 영석에게 칭찬도 들은 진희는 오늘 하루를 절대 잊을 수 없을 것 같다는 예감이 들었다.

*　　　　*　　　　*

강렬했던 2주 차가 지나자, 그 뒤로는 시간이 쏜살같이 흘렀다.

3주 차 토너먼트에서 진희는 14~17세 반도 평정해서 모두를 놀라게 했고, 영석은 2회전을 돌파하는 쾌거를 이뤘다. 비록 준결승에서 17세 선수에게 발목을 잡히긴 했지만, 12살인 영석에게는 그것 또한 별 대수롭지 않았다.

졌다는 평가를 '신체 조건'으로 돌리려는 것이 아닌, 객관적인 분석이었다. 코치들과 아카데미 관계자들은 이미 영석을 '세계에서 통할 재목'이라고 인식했고, 선수들 또한 영석의 실력에 감탄해서 친분을 쌓으려 노력했다. 영석도 크게 고무돼서 그 호의를 거절하지 않았다. 애초에 걱정했던 것과는 달리 진희 또한 활발해져서 또래 선수들과 활발하게 커뮤니케이션을 이어갔다.

4주 차에는 영석과 진희 모두 '마지막'이라는 생각으로 이를 악물고 훈련에 참가했다. 토너먼트에서 진희는 아쉽게 18세의 벽을 넘지 못하고 1회전 탈락을 했다.

그런 아쉬움을 담은 진희의 응원 덕분인지, 영석은 기어코 14~17세 반에서 우승을 차지했다. 영석은 로딕이 목록에 없었다는 걸 아쉬워했지만, 준결승에서 자신에게 패배를 안긴 17세 선수를 완파해서 모두가 경악하게 만들었다.

마지막 날, 오전 훈련을 가볍게 마치고, 룸메이트들과 작별 인사를 나눴다. '안녕'이 아닌 '다음에 또 봐'였기 때문에 슬프거나 아쉬운 점은 없었다.

영석이 짐을 싸고 기숙사 앞에서 진희를 기다리고 있는데, 저 멀리서 사무직원이 두 명의 여인을 대동하고 영석에게 다가왔다.

"엄마! 아주머니!"

영석의 어머니와 진희의 어머니였다.

바쁜 와중에도 영석과 진희를 안전하게 귀국시키기 위해 플로리다로 직접 날아온 것이다.

"아이고, 우리 아드님. 못 본 새 훤칠하니 잘 컸소이다."

어머니가 영석을 안아 올려 뽀뽀를 퍼부었다.

"엄마, 아주머니도 보고 계신데……."

"뭐 어때. 다들 이렇게 주책도 떨고 그러는 거야."

어머니는 정말 남의 눈치를 보지도 않고 영석에게 애정 공세를 퍼부었다.

"윽!"

그러다가 갑자기 허리를 부여잡더니,

"우리 세자, 살 좀 쪘나?"

라는 한탄과 함께 영석을 다시 내려놨다.

"키도 좀 컸구나. 어디 보자. 내가 170이니까… 165㎝ 정도는 되겠구나. 1달 만에?!"

영석은 '165㎝의 아들을 번쩍 들어 올리는 어머니가 더 놀라워요'라고 말하고 싶었지만 참았다. 영석이 키가 큰 것을 보고 좋아서 방방 뛰는 어머니의 흥을 깨고 싶지 않았기 때문이다.

그렇게 소란을 떨고 있자, 이윽고 진희가 트렁크에 짐을 실어 기숙사 앞으로 나왔다. 일전의 포스가 넘쳤던 경비원인 제

시를 대동했는데, 여전히 제시는 크고 무서웠다.

진희는 진희의 어머니를 보자마자 부리나케 달려가서 품에 안겼다.

"엄마!"

"우리 딸!"

어느새 훌쩍 커버려서 제 어머니보다 더 큰 진희의 모습이 신기했는지 영석의 어머니가 중얼거렸다.

"미국 물이 좋긴 좋나 보구나. 아가씨가 다 됐네."

아닌 게 아니라, 영석이 자란 만큼 진희도 훌쩍 자라서 둘의 키 차이는 여전했다. 영석의 어머니와 비슷했으니 말이다.

*   *   *

감격의 상봉이 끝나고 일행은 호텔로 향했다.

"비행기를 오래 탔더니 힘들구나. 한 이틀 쉬고 가자."

여전히 직장을 무시(?)하고 마이웨이를 걷는 모친의 호쾌한 말에 영석과 진희도 신이 났다.

호텔에 짐을 풀고 이들이 향한 곳은 테니스 용품 매장이었다.

영석이나 진희나 아직 기업과 계약을 맺은 상태가 아니었기 때문에, 마음대로 예쁜 것을 골라서 샀다. 일전에 약속한 대로 같은 회사의 같은 디자인으로 나온 테니스화도 사고, 라켓도 마음에 드는 걸로 골랐다. 영석의 어머니가 "이거 세관에 안 걸리나……"라고 걱정하기도 잠시, 이것저것 닥치는 대로 사들였다. "미국은 정말 테니스인에겐 천국이야!"라고 외치며 테니스 웨어, 테니스화, 라켓, 가방 등을 정말 한가득 샀다.

쇼핑이 끝나고는 진미(眞味)를 느껴야 한다며 레스토랑에 들러 스테이크니 뭐니 하는 것들을 배 터지게 먹었다.

'우리 집 괜찮을까…….'

라는 걱정을 할 정도로 호화스럽고 사치스럽게 하루를 보냈다. 다시 호텔로 돌아와 몸을 씻고 나자 진희가 영석과 영석의 어머니가 묵을 방에 와서 영석을 불렀다.

"산책 가자."

'이것들 봐라' 하는 어머니의 날카로운 시선을 감지한 영석은 허둥지둥 진희의 손을 붙잡고 방을 나섰다.

5성급 호텔은 아니었지만, 꽤나 정갈했던 호텔은 산책로 역시 아담하게 잘 꾸며져 있었다. 가로등의 은은한 빛이 길을 밝혀줘서 영석과 진희는 불편함 없이 걸음을 옮겼다.

"나……."

진희가 입을 떼자 영석이 흠칫했다.

부쩍 자라서 누나 행세를 하더니 요즘은 완전히 성인 같다고 느끼던 타이밍에 저리도 나지막하게 말을 하니 영석은 심장이 쿵쾅거렸다.

'나 이래도 되는 건가?'

진희를 구하고 나서부터 이상한 사명감이 생겨 매일매일 꼭 붙어 다니며 동생처럼, 딸처럼 아꼈었다. 그런데 오늘따라 이상하게 진희를 보면 두근거렸다. 자신은 명백한 성인이고, 진희는 아이였으니 심장이 두근거리는 것에 괜한 자책감이 들었다.

"선수 할래."

그런 영석의 상념을 싹둑 자르는 진희의 선언이 나왔다.

"응?"

영석은 저도 모르게 반문했다.

"나도 테니스 선수 할래. 할 수 있을 거 같아. 아니, 할 거야."

진희가 자신에게 다짐하듯 재차 말을 내뱉었다.

"너랑 같이 4년 동안 지냈더니 공부도 딱히 어렵지 않아서 고민 많이 했어. 테니스를 계속 하기엔 내가 재능이 없는 것도 같았고."

진희에 말에 영석은 공감했다.

최영태와 이유리는 이상할 정도로 또래와 경기를 안 시켰다. 아이는 끊임없이 남과 자신을 비교하는 습성이 있다. 아니, 인간이라면 자신의 위치를 알기 위해 노력하는 것은 당연하다.

그러나 영석과 진희는 그 본능을 억제당하며 테니스를 해 왔다. 영석이야 늘 시선을 세계 무대에 두고 있었으니 스스로와의 싸움에 매진했다. 하지만 진희는 아니다. 그녀는 그 또래의 여자아이들과 별다를 것 없는 사고관을 가졌다. 영석과 똑같이 생각할 수는 없다. 그러니 진희에겐 비교할 사람이 영석이었고, 영석의 기량은 늘 저 앞을 달리고 있어서 진희의 자신감을 없앴던 것이다. 그러다 플로리다에 와서 처음으로 또래와 시합을 가졌고, 13세에 불과한 진희는 17세들까지 꺾으며 승승장구했다. 자신감이 생긴 것이다.

"테니스는 재밌고, 또 재밌어서 앞으로도 계속 하고 싶어. 가능하다면 테니스로 먹고살고 싶어. 나도 너처럼 프로가 될 거야."

"…그래. 안 그래도 나도 진희 너한테 계속 테니스 하라고 말하고 싶었어."

영석이 고개를 끄덕이자 진희의 안색이 활짝 폈다.

누구보다 먼저 영석에게 말하고 싶었다. 부모님보다도 더 의지하는 영석에게 가장 먼저 이 다짐을 들려주고 싶었다.

진희는 개운한 얼굴로 영석의 손을 덥석 잡더니 호쾌하게 발걸음을 옮겼다.

한참을 그렇게 산책 코스를 획획 지나가더니 조심스럽게 물었다.

"앞으로도 계속 같이 지낼 거지?"

영석이 씩 웃으며 답했다.

"당연하지."

둘은 다시 호텔 입구로 돌아왔다.

객실에 가기 위해 엘리베이터를 타는 그 순간까지도 진희는 영석의 손을 놓지 않았다.

잡아둔 방이 있는 7층에 다다르자, 진희가 갑작스럽게 영석의 볼에 입을 맞췄다. 그러고는,

"고마워."

라며 수줍게 말하고 다다다 잰걸음으로 자기네 방에 들어가 버렸다.

"하… 하……."

엘리베이터 입구에서 영석이 덩그러니 홀로 남겨졌다.

영석은 자신의 볼을 쓰다듬으며 허탈하게 웃었다.

*　　　*　　　*

다음 날, 밤새 "수상해, 아들. 진희랑 뭐 하다가 온 거야?"라고 추궁하던 모친에게 시달린 영석은 찌뿌둥하게 몸을 일으켰다. 아침에 이렇게 느긋한 경우는 과거로 회귀한 7살 때부터 지금까지 한 번도 없었다. 늘 날카롭게 가다듬어진 신경을 곤두세우고 살았던 영석이었기에 조금 긴장이 풀리자 그 반동이 심하게 왔다. 그래도 조식을 거를 순 없었기에 꾸역꾸역 일어나서 어머니와 함께 식당에 내려갈 준비를 했다.

"잘 잤어?"

마침 진희와 진희의 어머니도 방문을 열고 나왔다.

지쳐 보이는 영석이 걱정됐는지, 진희가 득달같이 달려와 영석에게 안부를 물었다.

"괜찮아. 밥 먹으러 가자."

두 명의 어머니들은 자신들이 들러리가 된 듯한 기분에 쓰게 웃으며 아이들을 대동하여 식당을 향했다.

'괜찮은데?'

아카데미에서 늘 품질 좋은 식품을 섭취했었기 때문에, 호텔 조식은 큰 기대 안 했었다. 그런데 이게 웬걸. 스테이크 같은 건 없지만 제법 다양한 음식들이 뷔페처럼 늘어져 있었다. 심지어 맛도 괜찮아서 영석은 만족하며 아침 식사를 했다.

"오늘은… 푹 쉬자꾸나. 어제 너무 무리했어."

영석의 어머니와 영석, 진희네 모두 지쳐서 늘어지게 잠을 잤다. 그야말로 먹고 자고의 연속이었다.

그렇게 이틀에 걸친 휴식을 취한 일행은 플로리다를 뒤로하고 귀국을 위해 비행기에 몸을 실었다.

『그랜드슬램』 2권에 계속…

‥ 부록 ‥

1. 경기 진행 및 규칙

 —테니스 경기에는 2명이 겨루는 단식, 2인 1조의 4명이 겨루는 복식, 남녀 1조의 4명이 겨루는 혼합복식 등이 있습니다.

 —테니스 경기는 포인트, 게임, 세트, 매치의 4단계로 구성됩니다. 시합 도중 공격에 성공하거나 실패하면 1점을 얻거나 잃게 되는데, 이때의 점수를 포인트라 합니다.

 0점을 러브(love), 1점을 피프틴(fifteen, 15), 2점을 서티(thirty, 30), 3점을 포티(forty, 40)라 부릅니다.

 4포인트를 먼저 얻으면 1게임을 이기게 되며, 만약 3 대 3의 포인트가 되면 듀스라 하여 2점을 연속해서 먼저 얻은 선수가 그 게임을 이기게 됩니다. 6게임을 먼저 얻으면 1세트를 이기게 됩니다.

—두 선수가 각각 5게임씩 이겨 5 대 5가 되면 게임 듀스가 되어 어느 선수이든 2게임을 연속해서 얻어야 승자가 됩니다. 그러나 2게임을 연속해서 이기지 못하고 서로가 1게임씩 이겨 6 대 6이 되면 타이브레이커 시스템에 의해 승자를 결정하게 됩니다.

—시합에 들어가기 전에 가위·바위·보 또는 동전을 던져 서브권이나 코트를 결정합니다. 시합은 서브를 넣는 것으로 시작되며, 베이스라인과 사이드라인, 그리고 센터마크가 표시된 안쪽에서만 넣어야 합니다. 처음 시작할 때의 서브는 오른쪽에서 대각선으로 넣으며, 그다음 서브는 왼쪽에서 넣습니다.

—게임을 시작하여 첫 게임이 끝나면 서로 코트를 바꾸며, 그 이후는 2게임을 한 후 바꿉니다. 즉 두 사람의 게임 스코어의 합이 홀수일 때(1 : 0, 1 : 2, 3 : 0, 4 : 1, 5 : 0 등)는 코트를 바꿉니다.

—실점이 되는 경우는 서버가 2개의 서브를 다 실패했을 때, 친 공이 네트에 걸리거나 코트 밖으로 나갔을 때, 한 번

튀긴 공을 치지 못하였을 때, 몸이나 옷에 공이 닿았을 때, 플레이 중 신체의 일부나 라켓이 네트·포스트 등에 닿았을 때 등입니다.

2. 테니스 경기 용어

—테니스의 스트로크 중 그라운드 스트로크는 '지면에 한 번 닿은 공을 치는 타법'을 뜻합니다. 포핸드 스트로크와 백핸드 스트로크가 있으며, 치는 방법에 따라 플랫·드라이브·슬라이스로 나뉩니다.

플랫은 라켓 면을 공에 직각으로 맞추는 것을 말하며, 가장 위력이 있고 스피드가 있지만 안정성이 부족하다는 단점이 있습니다.

드라이브는 라켓을 아래에서 위로 치켜 올리며 쳐서 공의 윗부분을 라켓 면으로 감싸듯이 하여 공에 회전을 주는 타법입니다.

슬라이스는 드라이브와 반대로 라켓을 위에서부터 아래로 비껴 내리면서 공을 깎아 치는 타법으로, 드라이브와는 반대의 회전이 걸립니다.

—발리는 공이 땅에 닿기 전에 치는 것을 말하며, 어깨보다

높은 위치에서 치는 하이발리와 네트보다 낮은 공을 치는 로발리가 있고, 땅에 공이 닿자마자 쳐 넘기는 하프발리가 있습니다. 스매시는 높은 공을 머리 위에서부터 강하게 내려치는 강력한 타법으로 오버헤드 스매시와 그라운드 스매시가 있습니다.

오버헤드 스매시는 자기 키를 넘어가는 공을 점프하면서 머리 위에서 강하게 내려치는 기술, 그라운드 스매시는 공이 너무 높으면서도 짧을 때, 또는 햇빛 때문에 직접 때릴 수 없을 때, 일단 땅에 닿게 하여 튀어 오른 공을 강하게 내려치는 기술입니다.

—로브는 공을 높이 올리는 것을 말하며, 상대편의 강한 스트로크를 억지로 받아 올리는 방어적인 로브와 네트에 가까이 다가선 상대편의 키를 넘기는 의도적인 공격적 로브가 있습니다.

—서브에서 중요한 것은 정확도·속도·장소이며, 그 종류는 그라운드 스트로크에서와 마찬가지로 플랫·드라이브(스핀)·슬라이스 등이 있습니다.

3. 테니스 코트

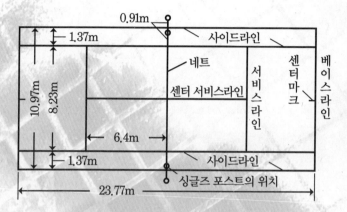

4. 테니스 라켓

　－라켓의 표준규격과 재질에는 제한이 없으므로 그 모양과 크기 및 재질이 다양합니다. 요즈음은 특히 프레임(테)을 크게 하거나 재질을 나무가 아닌 알루미늄 등 다른 종류로 만든 라켓을 많이 사용합니다. 이 프레임에 거트를 얽는데, 이 거트에 따라 경기의 퍼포먼스가 크게 좌우될 수 있습니다.

5. 테니스 스트링(거트)

—우선, 스트링의 종류는 크게 나눠 두 가지가 있습니다.

1)천연 거트(Natural Gut).

말 그대로 '천연'을 이용하여 제조하는 거트입니다.

천연의 경우는 스트링이라 하지 않고, '거트'라고 부릅니다.

주로 소나 양의 내장 기관인 창자(Sheep gut)를 소재로 하기 때문입니다.

이런 원재료를 갖고 복잡한 제조 과정을 통해 만들어내며, 타구감, 반발력, 볼 접지력 등… 퍼포먼스 모든 부분에서 최상위를 차지하고 있습니다. 상당히 제조하기 까다로워서 윌슨을 포함한 몇 개 회사에서만 생산이 가능합니다.

단점으로는, 너무나 비싸다는 것, 온도와 습기에 너무나 민감해서 '장력'이 제멋대로 변할 수 있다는 점, 내구성이 약해 격렬하게 시합을 하다 보면 금방 감이 떨어진다는 점이 있습니다.

2)합성 스트링(Synthetic string).

천연 거트의 장점을 유지하면서 단점을 최소화하는 것에 목적을 둔 거트입니다.

사실상 합성 물질로 제조를 하기 때문에 이 영역에 속하는 거트는 주로 '스트링'이라 부릅니다.

얇게 한 가닥씩을 뽑아서 그걸 꼬아낸 멀티필라멘트(Multifilament), 원재료의 이름을 딴 폴리에스터(Polyester), 나일론(Nylon) 등이 있습니다.

※자료의 상당 부분은 두산 백과를 참조하였습니다.

이제부터 전자책은

이젠북

www.ezenbook.co.kr

새로운 세계가 열린다!

김재한 『성운을 먹는 자』	철백 『대무사』
니콜로 『마왕의 게임』	가프 『궁극의 쉐프』
이경영 『그라니트:용들의 땅』	문용신 『절대호위』
탁목조 『일곱 번째 달의 무르무르』	천지무천 『변혁 1990』
강성곤 『메이저리거』	SOKIN 『코더 이용호』

이름만 들어도 황홀할 정도의 별들의 향연!
이들의 "유료연재"가 시작됩니다!

검색창에 **이젠북**을 쳐보세요! ▼

초대형 24시 만화방

신간 100%, 샤워실, 흡연실, 수면실(침대석), 커플석, 세탁기 완비

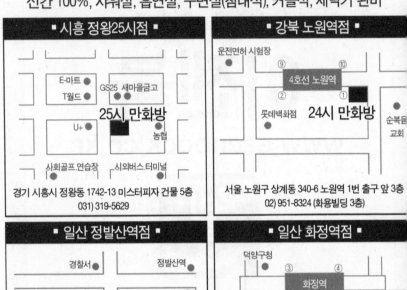

■ 시흥 정왕25시점 ■

경기 시흥시 정왕동 1742-13 미스터피자 건물 5층
031) 319-5629

■ 강북 노원역점 ■

서울 노원구 상계동 340-6 노원역 1번 출구 앞 3층
02) 951-8324 (화용빌딩 3층)

■ 일산 정발산역점 ■

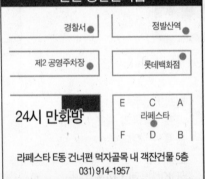

라페스타 E동 건너편 먹자골목 내 객잔건물 5층
031) 914-1957

■ 일산 화정역점 ■

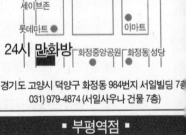

경기도 고양시 덕양구 화정동 984번지 서일빌딩 7층
031) 979-4874 (서일사우나 건물 7층)

■ 부천 역곡역점 ■

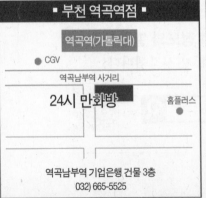

역곡남부역 기업은행 건물 3층
032) 665-5525

■ 부평역점 ■

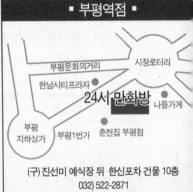

(구) 진선미 예식장 뒤 한신포차 건물 10층
032) 522-2871

미러클
테이머

인기영 장편소설

FUSION FANTASTIC STORY

MIRACLE
TAMER

이계로 떨어져 최강, 최고의 테이머가 되었다.
그러나… 남은 것은 지독한 배신뿐.

배신의 끝에서 루아진은 고향, 지구로 되돌아오게 되는데……
몬스터가 출몰하기 시작한 지구!
그리고 몬스터를 길들일 수 있는 테이머 루아진!
그 둘의 조합은……?

『미러클 테이머』

바야흐로 시작되는
테이머 루아진과 몬스터들의 알콩달콩한
대파괴의 서사시!!

Book Publishing CHUNGEORAM

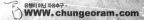

유행이 아닌 자유추구-
WWW.chungeoram.com

이모탈 퓨전 판타지 소설
FUSION FANTASTIC STORY

용병들의 대지
Road of Mercenaries

이 세계엔 3개의 성역이 존재한다.
기사들의 성역, 에퀘스.
마법사들의 성역, 바벨의 탑.
그리고… 그들의 끊임없는 견제 속에 탄생하지 못한

『용병들의 대지』

전쟁터의 가장 밑을 뒹굴던 하급 용병 아론은
이차원의 자신을 살해하고 최강을 노릴 힘을 가지게 된다.

그의 앞으로 찾아온 새로운 인생.
아론은 전설로만 전해지던
용병들의 대지를 실현시킬 수 있을 것인가!

Book Publishing CHUNGEORAM

유병이속된 지유추주
WWW.chungeoram.com

FUSION FANTASTIC STORY

텀블러 장편소설

현대 천마록

천하를 호령하고, 전 무림을 통합한
일월신교의 교주 천하랑.
사람들은 그를 천마, 혹은 혈마대제라고 불렀다.

『현대 천마록』

무공의 끝은 불로불사가 되는 것이라 생각했지만
그로서도 자연의 섭리 앞에선 어쩔 수 없었다!

'그렇게 많은 피를 흘렸음에도 불구하고
죽을 때가 되니 남는 것이 없군그래.'

거듭된 고련 끝에 천하랑의 영혼이
존재하지 않게 된 그 순간
그의 영혼은 현세에서 천마로서 눈을 뜬다!

Book Publishing CHUNGEORAM

유행이 아닌 자유추구 -
WWW.chungeoram.com

FUSION FANTASTIC STORY

가프 장편소설

시크릿 메즈
SECRET MEZ

※

－너는 10,000개의 특별한 뉴런을 더하게 되었어.
매직 뉴런, 불멸의 뉴런이지.

실험실 알바를 통해 만난 '6번 뇌'.
우연한 만남은 이강토를 신비의 세계로 이끈다.

『 시크릿 메즈 』

매직 뉴런을 탑재한 이강토의
정재계를 아우르는 좌충우돌 정의구현!
긴장하라, 당신이 누구든 운명은 이미 그의 손안에 있으니!

"무슨 꿍꿍이가 있는지, 어디 한번 봐볼까?"

Book Publishing CHUNGEORAM

유행이 아닌 자유추구 -
WWW.chungeoram.com